月老套路深 下

文創風 1033

春遲 著

目錄

第十一章

僵局持續著，羅止行好整以暇地等著她的解釋。

長均看不下去了，不管不顧就往前一步。「陸姑娘，您怎麼能這樣呢？身子都好了還想躲著我們爺，您是要做什麼去！」

「你憑什麼質問我們小姐啊？她想幹麼就幹麼，何時需要給別人報備了！」堵著門，青荇被惹起了火，怒目瞪著他。

真是什麼樣的主子有什麼樣的下人，根本不講理嘛！長均被她氣得直瞪眼睛，說不出話來。

青荇轉頭看著陸蒺藜。「小姐妳只管忙妳的，奴婢攔著他們。」

真不愧是我的丫鬟。陸蒺藜按按鬢角，走到門邊。「青荇，妳先出去吧。」

「長均，你也先下去，往後不准對陸姑娘無禮。」目光一直看著屋裡那人，羅止行同樣沈聲吩咐。

踩幾下腳，青荇瞪著長均，長均也不服氣地對視著，兩人順從地退下，興許是又去了別的地方吵架。

陸蒺藜不好意思地咧著嘴。「這丫頭跟我瘋慣了，你莫要生氣。」

「長均一向是個直脾氣，有時候連我都會被他頂撞，妳莫要介懷。」背著手，羅止行也跟著回道。

兩句話一說完，再次陷入了沈默。陸蒺藜盯著自己的腳尖，彆扭地不知道說什麼好，心底又覺得自己也沒錯，扭捏地不肯開口，衣角都被攥出皺褶了。

唉，心底暗嘆一口氣，羅止行放軟了語氣。「我人都到這裡了，還不肯請我進去坐坐，喝一杯茶？」

「啊，肯的肯的，你快進來！」這才緩過神，陸蒺藜巴巴地扶著門邊，恍若一個急切的孩子。

徹底沒了脾氣，羅止行忍著笑走進來，這才露出他一直背在身後提著的東西。「這些是我們府上新買的蜜餞，味道還不錯，來嚐嚐。」

乖巧地坐在他身邊，陸蒺藜拈著一塊送入口中，清甜的果肉與糖霜剛觸及舌尖，就甜到了她的心中，這幾天口中因為喝藥一直有的苦澀立馬掃空。陸蒺藜嘴一撇，想到這幾日她單獨行動都失敗了，突然感到有些委屈。

「被妳趕的人是本國公，都眼巴巴地來給妳送蜜餞了，妳還先癟著嘴，這副可憐樣是什麼意思？」笑瞪她一眼，羅止行伸手捏著她的嘴角，不客氣地吩咐。「不是要請我喝茶嗎？倒茶啊。」

從來沒有這麼低眉順目過，陸蓁藜倒好一杯茶，雙手端著遞給他。

三分薄怒，頓時煙消雲散，羅止行本想忍著笑意，可那雙眼睛早就微微彎起。「這般心虛的模樣，難不成是要去見什麼玉面小郎君？」

「怎麼會呢！」立馬堅決否定，陸蓁藜手快地又在口中塞進一個蜜餞，才口齒不清地糊弄。「我就是病久了，在房裡待膩了，想出去走走，然後怕你不讓，才打算偷溜的。」

「嗯，編得挺真誠的。」煞有介事地點點頭，羅止行走過去，把她丟在地上的面紗拿起來，還不忘撣撣灰。「那這樣，我不攔妳，我陪妳出去逛逛，妳想去哪兒？」

這個蜜餞一定是壞的，吃著都沒有剛才甜了，陸蓁藜苦哈哈地垮著臉。「我轉念一想又覺得自己是個病人，還是乖乖在家休息的好。」

「這樣也好，我來看著妳休息，等妳睡著再離開。」

「……」這天可就沒法聊了，陸蓁藜挪著身子挨到床邊，心中越發焦急。「我不是故意想要避開你的。」

總算願意開口說正事了，羅止行嘆口氣，屈指敲一下桌面。「過來坐吧，我也有些事要跟妳說。」

本以為他是要斥責的，陸蒺藜也做好了準備，誰知坐過去之後，羅止行還真說起了正事，聽完前線的戰況和李公公回京的消息，她低垂著頭，嘲諷地笑笑。「早就料到了。」

「不過陸將軍本人無礙，已算是大幸。」也不願她傷心，羅止行岔開話題。「現在妳說說吧，這幾日，妳到底在做些什麼？」

眼看著已經耽擱了許久，陸蒺藜有些急了。「我一時半刻真的沒有辦法全部跟你解釋，可是止行，我是真的有要事得做。」

深深看她一眼，羅止行站起身。

「止行！」以為他生氣了，陸蒺藜匆忙喊出口，卻見他將面紗拿過來，瞬間怔住。

「你……」

羅止行直接伸手幫她戴好面紗，只露出一雙眼睛，無奈地盯著她囑咐。「我對妳只有幾點要求，就是不准讓自己涉險，不准惹出大亂子，有事隨時叫我。我答應過陸將軍，絕不會讓妳出事的，我自己也捨不得。」

心尖顫了一下，陸蒺藜抿著唇角，一時有些愧疚。「你不問我要去做什麼了？」

「我確實需要一個解釋，所以我等妳想告訴我的時候再說。」坦誠地望著她，羅止行帶著她走出小院。「我會支持妳去做任何事情，切記，不要讓自己有危險。」

難忍心動，陸蒺藜轉頭抱住他，在他懷中鄭重點頭，而後不再磨唧，立馬離府上了馬車走遠。

「爺，要我跟上嗎？」長均隨即上前，看著羅止行的臉色問道。

此刻的羅止行才露出滿目的擔憂，但仍是緩緩搖頭。「罷了，我們回府去。」

一路催車夫走快些，陸蒺藜恨不得自己能直接飛到目的地。當真是美色誤人，明明就趕時間，方才應該直接走的，可是心中到底也是想念著他，因此才留戀許久。

撐著車簾，馬車終於來到了金風樓，剛將將停了下來，陸蒺藜就跳下馬車往裡頭衝去。

不管那些驚呼的姑娘們，她衝進大堂，一時有些茫然，她要找的人不知在哪個雅間啊！正想問人的時候，突然過來一個衣著暴露的姑娘拽著她就走，帶她來到了一間不斷傳出嘲笑聲的房間前。

來不及道謝，那姑娘又閃身離開了。陸蒺藜顧不得其他，長呼一口氣，伸手開門走了進去，砰的一聲，裡面的人被嚇掉了杯子。

陸蒺藜仔細環顧房裡的人，只見幾個左擁右抱的公子哥兒之外，還有一個一身素衣、面紅耳赤跪著的青年男子。

還好，趕上了。

「哎喲，何處來的小娘子，這是來自薦枕席的？」為首的公子哥兒看見有女人走進來，登時笑著湊上前。「只是怎麼還蒙著臉？不過也不妨事，這樣更有趣了！」

冷眼看著他，陸蒺藜隱在面紗下的唇角冷笑，就在公子哥快碰到她時，他方才摟在懷中的姑娘突然纏住了那公子的步子。

「張公子，剛來了一個不肯露臉的醜姑娘，你就不要奴家了嗎？」靠在他身上，那姑娘嘟著嘴在他胸口畫圈，媚態極豔。「倘若這樣的話，奴家可就要惱了！」

柔媚的聲音，頓時讓那張公子的身體都酥了半邊，連忙摟著她重新坐好。「乖，我怎麼捨得讓我家嬌嬌生氣，來，讓公子香一個。」

又是好一陣笑鬧，陸蒺藜凝眸看著跪在地上那個格格不入的傢伙，眉眼彎了彎，找了個靠近他的位子坐，見到他衣冠不整，順手便幫他緊了緊鬆垮的衣領。「你還好嗎？」

身體抖了抖，汪爍抬起眼眸去看她，複雜的神色中多了一抹震驚。在那雙清澈的瞳眸中，他看到了自己狼狽的身影，下意識地甩開陸蒺藜的手，隨即又發覺自己的不禮貌，流露出些許懊惱。

水潤的眼睛，倒是和年幼時養過的兔子一個樣。陸蒺藜毫不在意地對他笑，湊在他耳邊低語。「你放心，我會帶你出去的。」

立馬抬起頭來，汪爍眼中的期望在觸及到她的瞬間，又消散而去。這樣一個弱小的姑娘，哪裡有帶他離開的本事？

這傢伙，到這分兒上還看不起我！察覺出了他的心態，陸蒺藜抽抽嘴角，只是還沒有說什麼，就被一道粗啞的男聲打斷。

「妳懂不懂事？在這裡該伺候誰看不出來嗎！」那張公子還不放棄，一見陸蒺藜坐在汪爍的身側，冷眼盯著她。

慢條斯理地給自己斟上一杯茶，陸蒺藜卻又不喝，只是拿在手中把玩。「該伺候誰？公子覺得我該伺候誰？」

「哼，妳這點眼色都沒有？在場坐著這麼多人，妳偏要去伺候一隻狗，還是隻落水狗，妳快別笑死人了！」張公子大笑著，聲音難聽至極。

聽到了他侮辱的話語，汪爍的頭又低了幾分，拳頭攥得指甲都差點嵌進肉裡。

陸蒺藜看得真切，內心不禁感到唏噓，誰能想到，眼前這個狼狽不堪的人，會在日後成為針砭時弊的一位難得的能臣呢？世上際遇千變萬化，有人起高樓，也有人唱哀歌。

「本公子跟妳說話呢！」見那丫頭還是不理自己，張公子越發不耐煩，用力敲幾下桌子。

「我都聽著呢，有一隻落水狗在吠嘛。」扯著嘴角，陸蒺藜這才抬頭看他，突然手往上一揚，杯子裡的茶盡數潑了出來，不偏不倚潑在張公子頭上。「瞧，可不是隻落水狗嘛。」

輕輕柔柔的一句話從她口中出來，伴隨著張公子腳邊不斷落下來的水滴，竟還好聽得緊。

周圍的狐朋狗友早就笑開，張公子足足呆了好一會兒，才怒目大張拍案而起。「大膽賤婢竟敢潑我！你們還笑，給我把她抓起來！」

「張大哥，這不過是個小姑娘，你為難她幹麼？」笑嘻嘻地湊過去，一個油膩膩的男子作勢攬向陸蒺藜的胳膊。「我可是看上這個潑辣丫頭了。」

只是還沒有挨到陸蒺藜，她突然被人拉開，油膩公子抬眼望去，原來是汪爍動的手，頓時大怒，上前就直接甩了汪爍一巴掌。「憑你也敢違逆本公子？」

瘦弱的汪爍哪裡受得了這一巴掌，立馬撲倒在地，臉頰上浮起鮮紅的一個巴掌印，可他還要死撐著讓自己站起來。那幫人又哪裡能讓他如願，不知是誰伸的腳，逕自踩在他的背上，將他踏在腳底。

眼睛瞇了起來，陸蒺藜扳扳指節，冷眼看著汪爍掙扎，周圍人嘔啞的笑聲，刺得人心煩。

「賢弟，就算你看上了這娘兒們，我也得先出了這口氣。」讓懷中的姑娘給自己擦去頭上的茶水，張公子獰笑著靠近。「我還從來沒有見過敢潑我水的人。」

陸蒺藜背著手，笑得沒心沒肺。「那可能是張公子您見的人少了，要不這樣，我再讓你見識一下？」一邊說著，一邊又去拿桌上的杯子。

立馬退後一步護住頭，張公子等了片刻，在聽到陸蒺藜滿是嘲弄的嗤笑聲後，才驚覺自己又被戲弄了。心中怒火更盛，當即不管不顧地要衝過來，高揚著巴掌就要落下來。

「張公子！」方才攔他的嬌嬌姑娘又開口，眼中有些緊張，而周圍的姑娘們都暗自繃直了身體。

貿然被喊住的張公子煩躁回頭。「幹麼！」

「奴家就是想說，這個丫頭敢對您這般不敬，可要打重些。」重新坐回去，嬌嬌笑得溫柔。

「呵。」陸蒺藜猶嫌不夠，牽著嘴角嗤笑一聲。

頓時怒氣達到了頂峰，又有美人的鼓勵，張公子哪裡還顧得上別的，一巴掌重重落了下來。

耳朵一陣嗡鳴，饒是有心理準備，陸蒺藜也是痛得閉上了眼睛，歪著身子，她緩了好一陣子才能說話。

「大哥，你怎麼能打臉呢！」

「賤婢，讓妳下次還敢對本公子不敬！」

剛恢復了知覺，陸蒺藜一時都快站不起來了，另一邊一個人朝她撲了過來，小心翼翼想要扶她，自己卻也沒有力氣。

「姑娘，妳沒事吧。」縱然不認得她，汪爍也知道她有意幫自己，只恨如今他也毫無能力，連扶她起來都做不到，痛恨地咬著牙關，他恨不得撲上去揍死那幾個人。

「呦，瞧瞧，這個落水狗又過來了，怎麼，憑你也想救別人？」眾人的注意力再次落在了汪爍身上，拳頭更加不客氣地落了下來。

張公子打累了，就站在一邊咒罵。「你那沒出息的老爹騎在我爹爹頭上斥責的時候，你可有想過今天？你那爹倒臺了，你就活該變成現在這樣！當初我們一幫子人是怎麼圍在你身邊討好你的，你竟敢不和我們來往？我呸！」

身上痛得連反駁的力氣都沒有，汪爍只能強迫自己不發出痛呼聲，恍若是自己最後的尊嚴，只是擋在陸蒺藜前面的身形，卻沒有移動分毫。

陸蒺藜眼下管不得別的，只是努力透過門縫看外頭，終於看到了外面的大堂裡某人總算帶隊進來了，她立即咧著嘴笑開。「我說，你們都打夠了沒？」

「怎麼，妳還沒被打夠嗎？看來受到的教訓不夠，今日我們幾個兄弟把妳一起送上床，看妳還有沒有力氣嗆呼！」別有深意的骯髒話從幾人口中傳出來，笑得越發無恥。

陸蒺藜一手扯著自己的面紗，一手想要推開汪爍，偏他還不肯讓，只得手下使勁，一邊瞪他一眼。

第一次見到陸蒺藜的臉，汪爍愣了一瞬，隨即就被她推開，等回過神來轉身，只看到剛才還在笑的公子哥兒們，看到她的瞬間都僵了表情。

「幾位看起來都認得我啊。」笑咪咪地挑著眉，若是忽視她臉上青紫的巴掌印，彷彿還是宴會上那個高高在上的將軍府千金，陸蒺藜眼波微轉。「剛才打我的，是你？」

「陸蒺藜，妳來這裡做什麼！剛剛妳為何不露身分？」心中有些慌，現在張公子只能死撐著面子，反正打了就打了，她還能怎麼樣？

陸蒺藜靠近他看了半天，恍然大悟般地慨嘆一聲。「原來是你啊，我還當是哪家的公子，原來是新上任的禮部尚書家的公子。你看你，平時宴會都只能坐在末尾，我一時實在認不出你啊。」

「妳胡說什麼！」他往日在朋友間吹牛的時候，都說別人待己如上賓、貴客，如今被陸蒺藜揭穿，登時跳腳。「妳這個被所有貴族名門千金議論的女子，憑什麼這麼說我！」

盤算著那人應該要找到這裡了，張公子只不痛不癢地說這幾句可不行，陸蒺藜瞇著眼，越發高傲地開口。「憑我能讓你爹做不成官啊，你不過一個浪蕩公子哥兒，今日敢對我動手，你死定了！」

「陸蒺藜！」張公子輕易被惹怒。「妳這種沒人要的破鞋也敢這麼說我，我今日定要妳跪下求饒！我……」

「啊！」話都沒說完，陸蒺藜突然就自己尖叫一聲，然後重重跌在地上。

她這是在幹麼？張公子還沒有反應過來，大門就被人一腳踹開，他看著闖入的人，正想大罵的話都成了顫抖的聲音。「你、你們來幹麼？」

寧思遠帶著一隊侍衛臉色陰沈地站在門口，視線落在地上的陸蒺藜身上，他心底略微抽動了幾下。「來人，都給我拿下！」

「你幹什麼！我爹可是禮部尚書！」

隨著寧思遠一聲令下，幾個侍衛將張公子一干人等都先押起來，張公子氣急敗壞地不停怒罵。

「你們幹什麼，快放開我！」

陸蒺藜已經被周圍的姑娘扶起來穿好了衣服，寧思遠見到她臉上的巴掌印，臉色十分難看。「你爹貪污受賄，證據確鑿，陛下已經下令將他帶走搜查了。」

不啻一道晴天霹靂落了下來，張公子臉色白成一片，腿抖得差點跪下，搖著頭不斷喃喃。「不可能，你胡說。」

沒興趣和他多言，寧思遠看向他身後的侍衛下令。「帶下去。」

「等一下！」

陸蒺藜突然站了出來，攔住侍衛們的動作。她的戲都還沒唱完呢，挨了一個巴掌，可沒這麼容易就算了。

微抬起眼皮，寧思遠像是知道她要幹什麼，配合著開口。「陸姑娘還有什麼事情？」

深吸一口氣，醞釀了一會兒的情緒這時可以好好表現了，陸蒺藜霎時紅了眼睛，淚水盈滿眼眶，連同她紅腫的臉頰十分惹人憐惜。「寧大人，您要回去向陛下覆命，可否將小女的冤屈也一併帶到？」

他豈止是願意，簡直是樂意至極，寧思遠心中清楚，僅僅是禮部尚書的所作所為，恐怕不能夠讓皇帝將他罷官，但要是陸蒺藜從中推上一把，就有可能了。

「小女子今日不過是好玩，託金風樓的姊姊安排參觀，沒想到誤入此處猶如進了狼群，更遭到這個張公子的調戲。幸好寧大人及時帶人趕到，否則後果不堪設想……」何嘗不知道寧思遠在想什麼，陸蒺藜輕咬下唇，三言兩語說得是委委屈屈。

「妳胡說！妳分明是有意陷害我！」張公子立馬大聲反駁，想要掙脫侍衛們的束縛，卻也只是徒勞。

陸蕨藜醞釀許久的淚水終於落下。「怎成了奴家胡說？你的所作所為，在此的金風樓姊姊們都是人證，方才寧大人和眾位侍衛們也都聽見、看見了吧！」

瞬間想起寧思遠推門而入時自己都做了些什麼，張公子的臉上一陣紅白交替，卻又啞口無言辯解不出來。

「寧大人，就算小女子平日再胡鬧，今日也不能承受這樣的屈辱，小女子之父遠在邊地，請陛下為小女子主持公道！」陸蕨藜壓根兒不給他說話的機會，逕自攥著拳頭激動地說著。

雙目瞬間閃過亮光，寧思遠看向陸蕨藜的眼神越發複雜，良久之後，才沈沈點頭。

「陸姑娘請放心。」

「多謝寧大人。」心滿意足地點點頭，陸蕨藜這才滿意地迅速伸手抹乾淚水，目送張公子哭嚎著被押下去。她看著還不肯走的寧思遠。

「寧大人，還有什麼事情嗎？」

「……我找人送妳回去。」本想看一眼汪爍，陸蕨藜卻擋住他的視線，寧思遠只好看著她。

眉毛輕挑，陸蒺藜笑著拒絕。「不必煩勞寧大人了，您還是快去覆命的好。」

默立片刻，寧思遠深深看她一眼，轉身離去。

身體陡然一鬆，陸蒺藜還沒來得及喘口氣，外面又進來一個丫鬟模樣的女子，對著她盈盈一拜。「陸姑娘，我們公子請您過去一見。」

一直沈默不語的汪爍，此時又站過來擋在陸蒺藜面前，他哪裡知道這所謂的公子和陸蒺藜有什麼關係，只以為又是來這銷金窟的浪蕩郎君。

沒料到他的動作，陸蒺藜愣了一瞬，才轉身繞到他面前。「多謝汪公子好意，但我與那人是相識的，不妨事。我的馬車就停在外面，汪公子可否在門口等我片刻？」

依舊沒有說話，汪爍若有所思地轉身離開。

本想要跟上去的，但見到那婢女在等，陸蒺藜只好頭疼地捂捂額頭，祈禱汪爍能聽她的話。

一路跟著婢女繞開人群，陸蒺藜又來到三樓，就見蘇遇南吊兒郎當地坐著，旁邊是剛才張公子摟在懷中的姑娘。

「陸姑娘今日可是唱了齣好戲啊。」蘇遇南稍微坐正了些，抬手示意一旁的人先退離，才對陸蒺藜指指對面的椅子。

她早就料到今日的事情會被蘇遇南盤問，努力嘻笑著坐過去。「哪有，就是來玩樂，結果不小心碰見了個渾人罷了。」

「小陸兒，妳的瞎話呢，也就是羅止行願意自欺欺人地信一信，我可是見慣了瞎話的，還是別騙人了吧。」慢條斯理地撐著桌子，蘇遇南瞇著眼睛笑。「這張家，到底是如何得罪妳了？」

臉上的笑意瞬間散去，陸蒺藜垂下眼。「我不想讓止行知道今天的事。」

「膽敢侮辱大將軍之女，又值現今戰爭的風口浪尖上，陛下必得嚴懲張家才能讓將士們和百姓安心，我就是想知道，妳一個閨閣女子為何要涉入其中？」

「我現在做的事情很危險，我不願意牽扯止行，就算要和止行說清楚，我也希望是我過段時間自己去解釋。」

「這張家是注定倒楣了，只是怎麼想，這都是一個經過審慎計劃的局，而非意外，妳說是不是？」

兩人各說各話了半天，陸蒺藜有些惱火地看向他。「是，你說的都對，要給你鼓個掌嗎？」

蘇遇南笑得更加明媚，落在陸蒺藜的眼中就是狡詐萬分，只見他輕輕搖頭。「鼓掌就不用了，只是小陸兒，羅止行比我聰明得多，妳今天這樁事情鬧這麼大，妳以為我不說他就不知道嗎？」

果然頭更疼了，奈何今日發生事情的地點就這麼特殊，陸蒺藜撇著嘴。「能拖一日是一日。」

「那在下，就祝陸姑娘好運了。」蘇遇南笑著重新躺了回去，儼然是送客的態度。「不過下次陸姑娘要是想再找人買消息，不必找樓裡的姑娘，直接來問我，我知道得更全，而且不收妳錢呀。」

這幫人生來這麼聰明，就是為了給人添堵的嗎？陸蒺藜的嘴角狠狠抽了抽，卻也只能起身離開，她還有事要忙呢，心裡惦記著她想拉攏的人才汪爍。

只是快步到了金風樓外，果然還是不見了那人的身影。

「好歹我也救了他，怎能隨意走了呢，還得再費心去找他了。」小聲嘟囔一句，陸蒺藜無奈地嘆口氣，本打算就這麼先乘車回去，卻在坐上馬車的前一瞬，眼尾瞥到了人影。

汪爍站在一個醉倒在地的男子旁邊，費勁地把他往不會被人踩到的路邊移了移，動作吃力，似乎還扯到了傷處，他卻渾然不顧，把那醉漢安頓好後，才安靜地往陸蒺藜的方向而來。

「你似乎總是喜歡做泥菩薩，自己都一身狼狽了，還想幫別人。」輕彎著唇角，陸蒺藜聲音冷淡地評價。

汪爍木然地低著頭，並不理會她的話。「妳是陸姑娘？」

「是啊，名聲很差的那個陸蒺藜，今日救你，就是為了把你帶回家羞辱的，你要跟著我嗎？」戲謔地道，陸蒺藜抱著胳膊問道。

「跟。」

他毫不猶豫地開口，倒惹得陸蒺藜有些意外，認真地打量起他。汪爍整個人的氣質就是清冷疏離的，此時站在她面前擺著冷淡的架勢，卻又讓人難以忽視這段日子疲於奔波的頹唐。

「有膽識，若不是我現在更喜歡溫暖些的人，說不定會對你有些動心。」摸著下巴，陸蒺藜喃喃道，轉身上了馬車，丟下一句。「先跟我回去把傷處理一下吧。」

迅速轉身的陸蒺藜，錯過了汪爍在聽到她這話後，一閃而過的失落。

兩人一路沈默著回到將軍府，陸蒺藜一回到府裡，走沒幾步，青荇就衝了上來，看見她的臉就開始大聲嚷叫。「小姐，妳的臉怎麼了？誰打妳了?!」

掏掏自己的耳朵，陸蒺藜衝她笑笑。「其實認真說起來，是我自己主動討打的。」

「小姐，妳胡說什麼，是不是什麼地位很高的人？那我們告訴國公去，讓他給妳出氣！」青荇還不相信，嘟著嘴念叨。

捏著她的臉頰，陸蒺藜警告。「不准告訴他！等會兒妳去找些藥來，給這位汪公子處理一下傷口。」

這才轉頭看到她身後的人，青荇揉揉臉頰，忍不住的好奇。

走到一處客房前，陸蒺藜才停下步子，轉頭看向汪燦。「汪公子，這是我的丫鬟青荇，笨是笨些，還算能用，等會兒讓她給你準備一身衣服，你略微收拾一下吧。」

抿著唇，汪燦點頭算是應了。

陸蒺藜又隨手指了幾個下人留下供他使喚，自己先一步轉身離開，青荇還跟在她身後，踮著腳抱怨小姐說她笨。

停留在原地的汪燦有些出神地看著她們主僕倆的背影，伸手摸著自己的胸口，他突然覺得有一種熟悉感，自己已經很久沒有過過這樣平凡又溫馨的日子了。自從爹爹被問斬後，自己過的日子和落水狗還真沒什麼區別，壓下胸腔中翻湧的情緒，他轉身進了房間。

很快端著衣服和藥瓶過來，青荇叩幾下房門才進去。「汪公子，我來給你上藥吧。」

「辛苦青荇姑娘。」客氣地衝她頷首，汪爍走過來在她對面坐好，任憑她在自己臉上塗抹，冰涼的藥膏在觸及到那些傷的時候，久違的痛覺才襲了上來。

青荇幫他胳膊上的傷口搽藥，動作愈加小心翼翼，方才只是粗略一看，如今才發現，他似乎渾身都有著新新舊舊的傷痕。

凝視著青荇的動作，汪爍猶豫許久後才開口。「青荇姑娘方才好像說到了什麼國公？是陸姑娘的什麼人啊？」

「啊，是荊國公。」青荇抬頭衝他笑笑，才繼續手上的動作。「他和我家小姐情投意合，應該不久後就會成婚吧。」

眉心輕跳了一下，汪爍神色如常地點點頭，漠然吐出一句。「荊國公的美名，我也是聽過的，和陸姑娘很是相配。」

「那當然了！」停下手中的動作，青荇隨口答道，目光卻有些犯難。剩下的傷都在一些不方便的地方，要不去叫個小廝過來？

發現了她的為難，汪爍伸手過去。「剩下的我自己來就好。」

樂得如此，青荇將藥膏交給他，這便打算離開。

「那汪公子便慢慢收拾吧，等安頓好了，奴婢帶你去見小姐。」

第十二章

面前攤著一本書，羅止行卻雙目有些失神，顯然並沒有在看。

羅叔匆忙從外面進來，就見他一人這樣坐著，窗戶大開，風直接灌進來。「主子，您好歹披件衣服呀。」

「無妨。」瞬間回神，羅止行看向他，似乎還是他早上離去時的穿著。「羅叔這幾日似乎很忙？」

聽到他這麼問，羅叔不禁嘆了口氣，將一張紙遞給他，上面寫著幾個名字。

「這些都是誰？似乎有些眼熟，好像有幾個還是之前被陛下處置過的罪臣。」不解地接過來，羅止行掃過一眼後說道。

羅叔點點頭，聲音有些沈悶地開口。「這些，都是陸姑娘這幾日暗中去見的人。」

「你說什麼？」猛然認真起來，羅止行將那張紙又拿近些，皺眉細看。

就在他查看的功夫，羅叔在一旁解釋。「並非是老奴主動查的，算得上是意外收穫。這些天我照常忙著與各府之間的來往，是昨日有個管家與我閒聊，說陸姑娘幫了他遠方一個貧困的姪子一把，我細問下感覺有些不對，今日一早我便去細查。結果發現，這幾日陸姑娘結識了不少人，像是有意拉攏什麼勢力，但奇怪的是，這些人在遇到陸姑娘之前，寧大人都已早一步和他們接觸過了。」

寧思遠？羅止行將紙條先收起來，忖度著問道：「名單中的罪臣們大多還是有作為和能力的，其他那些尚且籍籍無名的人，想必也或多或少有些過人之處？」

「正是如此，據說都是數一數二的人才，而且正因為是無名之輩，陸姑娘與他們的來往也才無人察覺，要不是趕巧了，老奴也不會得到消息。」突然有些擔憂，羅叔小心地問：「主子，這事你是怎麼想的？」

羅止行正打算開口說話，突然前廳傳來一陣喧鬧聲，沒多久就來到了他們面前。

羅止行抬起眼眸，看著自己面前有些怒容的寧思遠。

「主子，寧大人一進來就往裡衝，我實在是攔不住。」一個小廝低著頭稟告。

羅止行揮手讓他先下去，客氣地對寧思遠笑道：「寧大人這是怎麼了？這段時間你在朝堂上可謂是步步高升，怎麼有空來我這裡做客？」

寧思遠略平復了一下自己的情緒，從袖子裡抖出一個小冊，扔在他面前。

「羅叔，給寧大人看座上茶。」羅止行先轉頭吩咐羅叔一句，才伸手打開那小冊子，看到的第一眼就挑了挑眉。倒是還挺眼熟，和剛才的名單一模一樣，故作詫異地望向他。「寧大人，這是何意？」

接過羅叔遞來的茶仰頭喝乾，寧思遠冷哼一聲。「我是何意？我倒想問問國公是何意？你明明說過，就算我們不是同路人，你也不會阻攔我要做的事情，但你可知陸蒺藜都在做些什麼？我有意結交的人才，她為何都想插手干涉？」

一時拿不準該怎麼說，羅止行低垂著睫毛，蓋住自己的心緒。

「就算她都比我晚了一步，可那些人到底也在心中承了她的恩情，而非僅有我一人。我本以為是你的主意，可今日她竟然獨自去青樓胡鬧，還放任自己被打了一巴掌，我想想才覺得應該不是你的手筆。」

原來她早上是去青樓，怎麼還讓人打了一巴掌？羅止行眉頭一皺，但隨即壓下心底的困惑，淺笑著望向他。「所以，寧大人是怎麼想的？」

「我知道她不可能知道我的計劃，如今的所作所為定是想要引起我的注意，或許是她自哪裡打聽到了我的行蹤，所以才接二連三來打擾我執行公務。她一向是這種愛胡鬧的人，既然我跟陸府已無婚約，只希望國公能夠管束她一二！」

陸蒺藜這段時間的行為，就和一開始糾纏他的方式一樣，所以寧思遠才因此誤會，本來因為一些隱晦的心思，覺得讓她跟著也無妨。可今日她直接把汪爍帶走，他這才意識到不能再放任她這樣下去了，他的計劃不容許有任何被破壞的可能。

雙目微睜，羅止行突然勾唇輕笑。「寧大人若覺得蒺藜的目的是你的話，或許是有些……過於自信了。」勉強選了個詞，羅止行抬起眼眸，手指輕點桌面。「此外，寧大人此番前來也找錯人了，基本上蒺藜想做什麼，我就會由著她做什麼，並不會拘著她。」

「你！」險些失了風度，寧思遠的胸膛劇烈起伏，半晌說不出話。

壓根兒不在意他這樣，羅止行淡淡笑開。「而且你相信我，我也是有這個本事慣著她的。我父母雙亡，這麼多年踽踽獨行，好不容易終於有一人走到了我心裡，若是我讓她連想做的事情都做不了的話，我憑什麼喜歡她？」

「你就不怕她這樣，終究給自己惹來禍端？」

「我相信她的所作所為都是事出有因，況且我既然支持她做自己想做的事，就有的是手段給她兜底。多謝寧大人今日的勸告，在下領教了。」輕輕頷首，羅止行低頭看向書，已然擺出了送客的架勢。

有些不相信自己的耳朵，寧思遠還想多說什麼，就見羅叔站到了自己面前。「寧大人，請吧。」

「……國公大人，好自為之。」再多說也沒必要了，寧思遠甩袖起身，逕自離去。

而羅止行也是在他離開的瞬間扔下書，眉頭緊鎖，煩躁地轉著手中的茶杯。聽到了羅叔去而復返的腳步聲，才放下茶杯吩咐道：「明日一早，備車去將軍府。」

與此同時，渾然不知羅止行已經知曉一切的陸蒺藜，正在自家府內歡快地招呼著汪爍。「你衣服都換好啦，坐下吃飯吧。」

「今日之事，多謝陸姑娘。」行了一個十分標準的禮，汪爍與她相隔甚遠地坐下。不愧是前禮部尚書的兒子，陸蒺藜無聲地聳聳肩，示意丫鬟把碗筷給他備好，自己則轉身去取了一張地契給他。「這是你家舊宅的地契，我剛剛買來，還給你吧。」

立時嘴唇都抖動了起來，汪爍努力控制著雙手，平穩地將那紙接過來，這是在爹爹病重後，自己為了籌錢賣掉的，可爹爹還是沒有救回來。

顫抖著雙唇，他定定看向陸蒺藜。「妳到底為何幫我？」

挾起一口新烤的魚送入口中，險些燙傷了她的舌頭，陸蒺藜灌下一杯涼茶才說道：「你爹當年被罷官，是受了誣陷。如今張家倒臺了，禮部正缺人，你不覺得自己有望重回朝堂嗎？」

「妳知道我爹是受了誣陷，可陛下又不知道。」

「無妨，陛下很快就會知道了。」擺著手，陸蒺藜又挾了一口酥肉。「最多三日，寧大人就會幫你爹洗清冤屈，保舉你上朝堂，我只希望到時候，汪公子能記得是誰幫了你。」

手指跳了幾下，汪燦放下了筷子。「我不會再回朝堂的，更不會進什麼禮部。」

「別呀，當懦夫多沒意思，你應該重振你爹當年的風采，為當年你家所受的屈辱出口氣呀！」咧著嘴調侃一句，卻不見有人回話，陸蒺藜這才放下舀湯的手，認真看向汪燦。

他的手不受控制地顫抖，一直挺著的脊背，到現在倒有了彎折的樣子。汪燦目光呆滯地看著那張地契，不知在想些什麼。

陡然從天之驕子的地位落下，嘗盡人間疾苦，確實夠磨人心性的。陸蒺藜看透他突然爆發的頹廢，無可奈何地嘆一口氣。

「我幫你，是因為你是個人才，你值得。」

與天籟無異的聲音落入了他耳中，在昏暗的心裡射出一束光，就和她今日破門而入的情景一樣。汪爍木然地仰起頭，看著她的嘴巴一張一合。

「雖然我嘲笑你是泥菩薩，幫不了任何人，但其實你做的是對的事。如今你時運不濟、家道中落，這段時日或許真的難過，不過只要你好好保持自己的風骨、充實學識，待來日洗清冤屈，就是你東山再起之機，你一定能當一個好官的。」

絞盡腦汁地像個老媽子一樣安慰他半天，陸蒺藜撐著自己的下巴結尾。「總之就是，你得繼續往前走啊。」

「我……我真的還可以嗎？我曾經學什麼東西都很快，雙手握著筆的時候，寫出來的文章無人不稱讚。」張開自己的手掌，那裡不知何時都起了繭子，汪爍突然抬起頭來，眼中只看著陸蒺藜一人，心微微抽動了一下，聽到自己的聲音淡漠地響起。「許久前，我也是個溫暖的人。」

「啊？」莫名其妙地看他，陸蒺藜有些茫然，他這番感嘆是什麼意思？是想通了還是沒有？她果然不擅長安慰人啊。

沒等陸蒺藜琢磨清楚，汪爍突然站了起來，將地契收好。「收了這份地契，我就算是應下了陸姑娘的要求，往後無論妳想做什麼、需要我幫什麼忙，在下一定竭盡所能。」

這、這就算是收買成功了？她還準備了好多利誘的方法呢，甚至連美人都準備好了，結果答應得這麼爽快？就像是一個一直倒楣的人不相信自己撿到錢一樣，陸蒺藜呆愣地點點頭。「好……」

一頓飯至此之後就再也沒人說話，直到最後吃完飯回了自己房中，陸蒺藜還有些暈乎。她這算不算已經改變前世的事情了？她的命運到底變了沒有？仰面躺在床上，陸蒺藜剛翻了個身，就沈沈睡了過去。

「小姐、小姐，快醒醒！」

叫喊伴隨著搖晃，逼得陸蒺藜迅速醒過來。這一覺睡得極沈，彷彿是剛剛才閉上眼，可現在已是陽光正盛的清晨了。擦著嘴角的口水，她半睜著眼睛望向青荇。

「怎麼了？」

「國公來了，已經在門口了。」

見她坐了起來，青荇鬆開她的肩膀，轉身去拿衣服。

只有陸蒺藜還迷迷糊糊地嘟囔。「來就來嘛，吵我睡覺，不過就是國公……止行？」

終於意識到是誰，陸蒺藜立馬瞪大眼睛，毫不手軟地捏一把自己的大腿，痛得沒了睡意。齜牙咧嘴地從床上跳起來，邊穿著衣服邊往梳妝檯前坐。「他怎麼突然來了？現在什麼時候？」

「現在已經不早啦！這段時間小姐每天都會早早醒來，奴婢以為今日也是，所以才沒來叫人，沒想到卻耽誤了。」手指飛快地綰著髮髻，青荇有些歉疚地回道。

這哪裡是她的錯，只是也奇怪，怎麼昨晚突然就睡得那麼沈。見青荇幫自己綰好了頭髮，陸蒺藜隨手拿起一根簪子戴上，連臉都顧不得多擦一把就匆忙跑出去。

「止行！」

一拉開房門，果然見到他負手站著，陸蒺藜蹦跳著靠近，笑嘻嘻地要去拉他的衣袖。

靜靜看著她的動作，羅止行嘴角微沈，並不主動搭話。

「我們去前院吧。」想到自己房中現在一片混亂，陸蒺藜擺手示意青荇留下來收拾，自己挽著羅止行往前走。

「止行，我覺得我最近瘦了好多，你看，這衣服都有些鬆了，過幾日你陪我去買衣服好嗎？還有啊，我想著也該學學女紅，給你做一個香囊，你可喜歡？」

一路嘮叨，也不見他回半句，陸蒺藜內心忐忑得很，終於撐不住了，沮喪地低著頭。「止行，你是不是知道什麼了？」

每次只知道裝可憐搪塞人，偏偏對她還心狠不起來，羅止行一時又氣又無奈，只好帶著她在前面的涼亭裡坐下。「妳方才說妳要給我做香囊的，我可記下了，休想賴帳。」

「不會的！」討好地扯扯他的袖子，陸蒺藜露出招牌的乖巧笑容。

可是羅止行這一次卻並沒有讓她就這麼混過去的打算。「昨天晚上，寧思遠來找我了。」

「什麼？他、他去找你做什麼啊？」心虛地聳著肩膀，陸蒺藜低下頭，心中卻是大叫一聲不好。她本以為寧思遠頂多會來找她的麻煩，為何直接找上羅止行了？該不會也把這幾日的事情都告訴他了？

順著她低頭的動作，羅止行看著她的側臉，已經消了腫，可隱約還看得見印子，心中越發有些生氣。「他說，妳在他的身邊安插了探子，一直關注著他的一舉一動。」

「我才沒有，他胡說的！」聽出他的怒火，陸蒺藜卻只以為他在吃醋，忙抬起頭表忠心。「我根本一點都不在乎他，哪會在他身邊安插什麼探子啊，你別信他的話。」

斂著唇角，羅止行眼睛緊盯著她，不置可否。

陸蒺藜心中生出一股希望，莫非寧思遠找他只是說了這些有的沒的？思及此，她小心地繼續發問。「他還說了什麼啊？你告訴我，我都可以辯駁的。」

「他還想說別的，但我沒聽。」羅止行伸手小心地觸向她的臉頰。「次次都用自己受傷的代價來籌謀事情，妳是不知道痛的嗎？」

立馬被轉走了注意力，陸蒺藜委屈地撇撇嘴。「我也只會這種法子了，官職、名位、權力，我什麼都沒有，我這條命，也僅是因為身為將軍的女兒才值些錢。那你說，我不拿這條命作文章，還能怎麼辦？」

這倒是堵得羅止行說不出話來，徒嘆一口氣，他認真地望著陸蒺藜。「妳如今，還是什麼都不願意告訴我？」

「……是。」陸蒺藜笑得勉強，語氣卻還是堅決的。她知道他是要幫忙，可她的佈局是如此危險又艱難，萬一出了事，她不忍心連累他。

就知道會是這樣的結果，羅止行長嘆一口氣。「我攔不住妳，那妳就去做吧。只是妳要記得，無論是什麼事情、什麼結局，我永遠願意陪妳承擔。」

「謝謝止行！」怕的就是他追問，如今聽他讓了步，陸蒺藜忙歡喜地撲在他懷中蹭幾下。「還是你最好了，我一定給你繡一個頂好看的香囊。」

順著她的頭髮，羅止行嘴角含笑。「這我就不指望了，只要能成形就好。」

「好啊，你還看不起我！」皺著鼻子，陸蒺藜果斷伸出爪子，朝著他的胸口就舞了起來。

招架著她的胡鬧，羅止行才一掃早上的陰沈樣子，笑聲爽朗地朝向四方。

與她笑鬧片刻，羅止行鬆開她，微笑著囑咐。「我還有事，得先走了。妳前幾日的重病雖然已痊癒，但還是要繼續喝藥，莫留下病根。」

「那你可得多給我送些蜜餞來。」撒嬌地嘟嘟嘴，陸蒺藜也站起來，送他走出長亭。

離去的最後一瞬，羅止行不經意地回了一下頭，眼尾掃過不遠處的一座假山，就在他看過去的瞬間，暗色衣袍的一角迅速縮了回去。

「汪公子，你方才說不宜打擾小姐和國公大人，那現在只剩小姐了，可要前去辭行？」假山後面，是汪爍和陸府的一個小廝，此時小廝正在恭敬地發問。

心緒略有些慌亂，從未做過偷聽的事情，讓汪爍不由得臉頰有些漲紅。朝後靠在假山上，他平復自己的呼吸。「倒是沒想到，陸姑娘也有這樣嬌憨的一面。」

聞言，小廝不由得微微一笑。「是啊，我們小姐在外人面前挺強勢任性了點，不過實際上在熟悉的人面前，就如同小孩子一樣活潑討喜，對我們下人也好得很。」

「這樣啊……」低喃一句，汪爍目光渙散，嘴角帶著若有若無的一絲苦笑。終於整理好了心情，他帶著小廝走出來，院內只剩陸蒺藜一人。

快步走到她身邊，隔著半步的距離，汪爍恭敬一拜。「承蒙陸姑娘照顧，如今我傷勢已好，就不叨擾了，準備回去自家住處，將來若是朝中真召我為官，在下一定無半分推辭。」

「看你確實精神好多了，這樣也好。只是你記得，你可是和我說好的，以後若是旁的人有意拉攏你，可要記得莫辜負了我。」說的就是那寧思遠，陸蒺藜壓下心底腹誹，溫聲叮囑一句。

她倒是也沒有挽留。心底突然出現這麼一句話，汪爍自嘲地笑笑，不再多言，繞過她正欲離去。

「等一下！」

霎時停住步子，汪爍控制著心底的期待，轉頭看向她。「陸姑娘還有什麼要說的？」

目光停留在一旁的小廝身上，陸蒺藜笑著讓他抬頭。「你可願意跟著汪公子回去，照顧他的起居？」

「小的願意，但憑小姐作主。」小廝沒有多言，低著頭回道。

這才滿意，讓小廝去找管家拿賣身契來。陸蒺藜笑著看向汪爍，正要說些什麼，卻見到他的目光更加冰冷。「你怎麼了？」

他到底在期待些什麼？冷笑一聲，汪爍閉上眼搖搖頭。「我明白小姐的意思了，我往後會讓這個小廝隨身跟著，也不會阻攔他回來向妳稟告消息。沒有別的事的話，在下就此離開，願陸姑娘平安康健。」

啊？為何有些聽不懂他的話？茫然地看他走出老遠，陸蒺藜才反應過來自己的好意被誤會了，氣憤地大喊：「我真的是讓他去服侍你的，不是要監視你！」

「小姐，妳在喊什麼呢？」剛從後院走來，青荇就見她踮著腳尖叫喊，不由奇怪地問道。

料想自己的話他也聽不見了，罷了，下次再說吧。陸蒺藜有些失落地轉過來，讓青荇扶著自己回房。

「唉，算了，沒什麼，就是發現自己救了個呆子而已。回去吧，我想同妳學學怎麼做香囊。」

「爺，可都問清楚了？」被留在馬車上的長均，在羅止行剛走出陸府時，立馬上前問道。

閒閒看他一眼，羅止行卻不說話，而是認真整理起自己的衣服來，面朝著大門站立，就像在等什麼人。

待他將腰間掛著的玉珮擺正後，終於有人出來了，立馬噙著淺淡的笑意，羅止行對來人頷首。「是汪公子吧，在下守候你已久。你爹汪尚書極富學識，曾與在下有過數面之緣，因此有一話在下特來提醒。」

「國公沒比我年長幾歲，卻用這種口吻來評價我的爹爹嗎？」汪爍一眼就認出了他，下意識將背挺直了一些，口氣一如既往地冷硬。

毫不介意地輕笑兩聲，羅止行竟還真的認真道歉。「想來是我唐突了，只是我從十三歲就承襲了爵位，和你爹也是有些來往，才感慨一句，卻忽略了顧及身分，是我不對。」

「國公大人高高在上，哪裡是您不顧身分，是我方才妄言了。」轉瞬就收拾好了情緒，汪爍衝他欠身答道。

「無妨，在下用意只是想提醒汪公子，如今的朝堂步步凶險、人心叵測，汪公子很有可能重回朝堂，未來可要多加小心，今後若是有什麼需要幫忙的，盡可來找在下。」甚是真誠地說了這麼幾句，羅止行才側身讓開。

斂下所有思緒，汪爍與他拜別。

「爺，我們現在該走了吧？」只當他們是在正常寒暄，待汪爍走後，長均就上前問道。

「去寧清觀。」羅止行冷下表情，眉頭緊鎖，上了馬車就吩咐。

這倒是讓長均有些摸不著頭腦，愣了半天才趕起馬。「是上次陸姑娘去的那個寧清觀嗎？國公要去查陸姑娘的事？」

「不准多問，也不准向別人提起，尤其是蒺藜。」

風吹起馬車的簾子，露出羅止行緊繃的嘴角。吩咐完後他就直接靠在馬車上閉起雙眼，心中卻是無比躁動不安。

今日他來找陸蒺藜，本就不是想問她這幾日在做什麼，而是他直覺抓住了一個異常之處，蒺藜此前就算活潑愛玩，畢竟是閨閣女子，也不了解時政，她如何能掌握這麼詳細的人才名單？今日套話得知她並沒有在寧思遠的身邊安插眼線，那她到底是怎麼做到跟寧思遠幾乎同時去搶人的？簡直就像是提前預知了一樣。

她一定隱瞞了什麼重要的事情，一切古怪的源頭就從那日去寧清觀開始。思及此，羅止行不得不拋開一切顧慮，去找尋真相。

傍晚時分，太陽已漸漸西沈，只留下一些餘暉。

國公府中，手中拿著兩張圖紙，羅叔一時間有些拿捏不準。這是國公府院子改建的圖紙，只是這兩款設計都很不錯，倒讓他拿捏不定該選哪一款。

「主子回來了嗎？」不斷來回翻看著兩張紙，羅叔走到前院，揪住一個丫鬟問。

正要搖頭，那丫鬟轉眼就看到了從外面進來的羅止行，笑著對羅叔回道：「那不是？剛進來！」

「主子，您可回來了。」連忙拿著紙上前，逆著光，羅叔看不清他的臉，只管自己喜洋洋地介紹。「您看，這是我們商量好的兩種改建方式。這一款改建之後房間的數量更多些，另一款是開闊的園林會寬廣些，你看你喜歡哪一個？」

等了半天，也不見有人回答，羅叔詫異地抬起眼眸，就見到羅止行有些出神，根本沒在聽他說話。未等他再說些什麼，前面到了一處臺階，羅止行竟然直接不小心摔了過去。

連忙將他給扶起來，羅叔慌亂地拍著他衣服上的灰塵。「主子這是怎麼了，不是去找陸姑娘了嗎？難道你們吵架了？」

「沒有，我沒事。」身體搖搖欲墜，羅止行的手指抖得不像話，掙脫開羅叔的攙扶。「羅叔，我想一個人待會兒，你讓我靜一靜。」

剛才不過是觸及到了他的手腕，就被那冰涼的寒意嚇到，羅叔以為他是生病了，不由得嘮叨幾句。「主子莫不是著涼了？老奴還是去找大夫過來看一下吧？」

逕自挪動著腳步往房間走去，羅止行連話都說不出來，只是擺擺手就緊關上了房門。

「這，主子這是怎麼了？」心裡著急，羅叔看到了一直跟在身後的長均，上前抓住他的袖子問道。

長均也是一頭霧水，他也奇怪呢，不過是和那個寧清觀的道士單獨聊了許久，出來後臉色就這麼蒼白了，也不理別人。長均剛打算開口解釋，轉念又想到今日羅止行的警告，只好抿唇搖頭。

「讓你跟著主子，怎麼能什麼都不知道！」無可奈何地抱怨一句，羅叔將圖紙先收好，自己去了後廚找人備薑湯，等著給羅止行送過去。

只是那碗薑湯，羅止行最終還是沒有喝到，他一直緊閉房門，無論羅叔怎麼喊都不為所動，只能從燈光照映在門上的影子判斷，他一直枯坐了一整夜。

清晨時分微冷，在門口守了一夜，此時羅叔正撐著下巴打哈欠。

吱呀一聲，門被推開，攪動了水氣，立馬驚醒過來。羅叔轉身，越過羅止行的身體看到了後面燃成一灘的蠟淚。「主子，您好一點了嗎？」

「羅叔一整夜沒有休息嗎？都是我不好，讓你擔心了。」除了眼底的烏青，羅止行看起來已恢復，和往常沒有絲毫差別。「昨日我只是心情有些浮躁，羅叔年紀大了，不必這樣守著的，若是受了風寒，我豈不是得無比愧疚？」

到底是身體老邁了，壓抑著想要咳嗽的衝動，羅叔看著他的目光慈祥溫和。「主子畢竟是老奴看著長大的，你很少有像昨日那樣失魂落魄的樣子，我看著就不放心。」

用失魂落魄來形容他昨日的心境，還真是沒錯，想起昨日寧清觀道士的言語，羅止行背在身後的手，不受控制地顫動。

「是因為陸姑娘嗎？」小心翼翼地開口詢問，羅叔觀察著他的表情。

可羅止行卻是認真地搖頭，扶著羅叔往他的房中去。「其實也不算是全因為她。羅叔，你先回去休息吧，我還有事要做。」

知曉羅止行是自己有主意的，羅叔也不再多問，雙腿有些發麻，一時走起來也很緩慢。「主子有事就先去忙吧。我叫來一個小廝，讓他扶著老奴慢慢走。」

聞言也沒有堅持，羅止行親自叫來一個小廝，又叮囑了他幾句，才轉身想要離開。不知想到了什麼，走出幾步又回過頭來，看到羅叔目送他的樣子，帶著遲疑問道：「羅叔，你說人和天鬥，真的能成功嗎？」

「主子怎麼問起這些有的沒的？不是一直有那句話嗎？人定勝天。」也不知他是在感慨什麼，羅叔大笑兩聲，隨口回答。

可羅止行卻低下頭認真重複了一次這四字，才笑著頷首離開，直接去了大門口，叫來長均備車，準備直奔將軍府。

此時的將軍府——

「小姐，妳今日怎麼感覺這麼發睏？」陸蒺藜的房中，青荇為她梳頭，在鏡子中看到她打哈欠的樣子，不由笑問。

拍拍臉清醒一些，陸蒺藜不由得斜睨一下旁邊的一筐針線。「妳還說，那個香囊，怎麼做起來這麼費勁？」

「小姐，妳什麼都還沒開始繡呢，有什麼費勁的。」撇嘴小聲回了一句，青荇轉瞬又笑起來。「小姐也不是喜歡擺弄這些東西的，莫不是給國公做的？」

故意瞪她一眼，陸蒺藜轉頭拿來一根流蘇簪戴上。「誰說的？我就不能改了性子，就不能是想做給自己用的？」

兩人又笑鬧幾句，陸蒺藜打扮好後從自己房中出來，走沒幾步，門口通傳的小廝就迎面走來。「小姐，國公大人來了。」

「怎麼今日一早又來了？快去請進來。」

陸蒺藜心中有些奇怪，跟著小廝往門口走，遠遠看到了羅止行的身影，就先笑開。「止行，你是來陪我吃飯的，還是要約我出去玩啊？」蹦到了他面前，陸蒺藜一仰頭就被他的臉色嚇到。「你這是怎麼了？昨晚沒有睡好嗎？」

注視著她，羅止行的眼中是毫不掩飾的心疼，顧不上回答，突然一把用力將她擁在懷中。

他用了很大的力氣，一時間讓陸蒺藜有些喘不上氣來，彷彿生怕她會離開一樣。陸蒺藜忍了片刻，實在是脖子難受，才掙開他。「你這是怎麼了？」

「我昨晚作了個夢，」羅止行苦澀地開口，他不用照鏡子都知道自己現在的笑容一定很難看，可他掩飾不住。「夢見妳我從未相遇，妳一個人很辛苦，可我怎麼也沒法幫妳。」

輕輕眨動一下睫毛，陸蒺藜沈默片刻，故作輕鬆地笑開。「你這莫非是日有所思、夜有所夢？止行，你就這麼不待見我啊？」

喉頭輕輕滾動幾下，羅止行閉眼長吁一口氣，不理會她的打趣。「不過無妨，那都是夢罷了，如今我們已經相遇了，我不會讓令妳痛苦的事再發生的。」

這是什麼話？在這一瞬間，陸蒺藜差點以為他知道了她的秘密，但不可能才對，她搖著頭笑笑。「你莫不是被一個沒道理的夢嚇到了？」

「沒事，就是想來跟妳說，接下來的幾天我可能會比較忙，妳要是有事，直接去國公府找羅叔就好。」無奈地揉揉她的頭髮，羅止行把所有的思緒隱藏在心底。

總感覺哪裡不太對勁，陸蒺藜下意識抓住他的手腕，卻又問不出什麼來。「你是要忙什麼？」

「秘密！」吐出兩個字，羅止行像是想到了什麼，嘴角多了絲笑意，點點她的鼻尖。「好歹本國公也是身分尊貴之人，總不能比妳還像個大閒人吧。」

突然覺得自己都是多想了，陸蒺藜不甘地鬆開手。但見他當真轉身走了，才莫名其妙地撓著頭回了房。

羅止行步出將軍府，心中已有了打算。

「爺，我們去哪裡？」馬車往前行了一段距離，長均才出聲問道。

手指輕掀起車簾一角，羅止行皺眉看向窗外掠過的風景。「去找寧思遠。」

第十三章

初秋的雨，打落了滿樹的花，地上的殘紅像是一瓶打翻的顏料，給這秋日圖景添上顏色，汪爍卻沒有功夫欣賞，手指交錯在胸前，步伐飛快地在街上行走。

這段時間以來，他確實在朝堂上有了官職，在禮部當了個不大不小的侍郎。前線戰事逐漸結束，和談也開始了進程，汪爍雖說是官職不大，但這次與金國和談的事情卻也讓他參與其中，只是不知道，背後推波助瀾的是寧思遠還是羅止行。

但他現在壓根兒沒有精力分辨這些，剛得到了一個消息，讓他整個人都緊張起來。終於到了國公府的門前，他連忙叫過門口的侍衛。「我是禮部侍郎汪爍，要求見國公。」

「汪大人稍等，小的馬上去通傳。」見他神色著急，那侍衛也沒有多耽擱，立馬進府去，不多時又快步出來。「國公請汪大人進去。」

「勞駕。」客氣地對他頷首，汪爍不再耽擱，跟著迎接他的小丫鬟一路疾行，不多時就到了羅止行的書房前。

筆下不知在寫著什麼，等聽到來人的步子，羅止行順勢拿來一本書蓋住，笑著起身相迎。「汪大人這些日子忙著和談事宜，怎麼有空來看我了？」

「出事了！」面對著他，汪爍連禮節都顧不得，氣息還有些沒順穩。「剛剛探聽到了消息，金國和談的其中一個要求是兩國聯姻，雙方人選都指定好了，就是金國郡主和你。」

臉上的笑意瞬間消失不見，羅止行捏著書角的指尖用力，微眯了眯眼。

只當自己還沒說清楚，汪爍深吸一口氣。「而且你是金國選定的對象，除非陛下堅決不同意，這聯姻大事多半就定了，你快進宮去求陛下的旨意！」

在他話音落後，羅止行已經平息了心中的慌亂，非但沒有行動，反而坐好，更是轉頭請汪爍也先坐下。「汪大人先別急，坐下喝口茶吧。」

「怎能不急！」汪爍一看到他這樣淡定的樣子，心中生出一股無名的怒火。「難道你真要娶那個什麼金國郡主不成？啊，對了，你們本就是年幼時相識的青梅竹馬，那你要陸姑娘怎麼辦！」

手指輕點幾下桌面，羅止行似笑非笑地看向他。「汪大人似乎有些急躁，還是喝杯茶吧，去去火。」

察覺到自己的失言，汪爍無奈咬牙，強迫自己坐下，將一旁的茶一飲而盡。

先揮手讓下人們都退下，羅止行才又轉眼望向他，雖說自己一向是不願解釋的，可是對著汪爍，還是不要讓他有些不該有的想法好。思及此，羅止行淡笑著開口。「這件婚事我不會同意的，我要娶的，只會是蒺藜。」

眼神閃爍一下，汪爍放下空茶杯。「那既然這樣，國公為何不急著去找陛下？」

「因為我找陛下，壓根兒沒用。」冷笑一聲，羅止行用手捋平摺皺的書角。「我這位皇帝舅舅，絕對不可能同意我娶蒺藜的，現在這樣好的一個破壞機會擺在他面前，他巴不得我應下。」

這倒是讓汪爍有些奇怪。「怎麼會？陛下不是一向最疼愛你了嗎？」

「原來你們眼中是這樣看的啊。說來也是，我的吃穿用度一向是最好的，從十三歲起就如同一個閒散廢人似的養著我，當然是十分疼愛了。」羅止行低頭，像是不經心地說出了這麼一番話。

可汪爍卻瞬間明白了其中的深意，想必陛下對他一直心存忌憚。「那，國公打算怎麼辦？」

揉捏幾下手指，羅止行慢慢開口。「你說得沒錯，這樁婚事只有陛下才能拒絕。但蒺藜是大將軍的獨生女，現在陸將軍掌管的軍隊又是我爹爹生前掛帥的，所以我不能直接去求陛下。現在我只想知道，汪大人，你暗中得來的消息就只有這些嗎？」

「是，我們今天整理文書時，我無意間先一步看到了此消息，金國的國書很快就會被送上去，最晚明日，陛下就會知道了。」

到底是有意還是無意看的，羅止行也沒戳穿他，而是笑著起身到他旁邊。「陛下知曉之後，總有一道工序是要做的，即便是下旨，也得等他同意我娶她才行。」

望著羅止行又給自己倒上的一杯茶，汪爍才發現，自己也在不知不覺間沈穩下來。「是，需要讓司天監合過命理八字，確認無誤，陛下才會下旨，難道國公是打算在這一步動手？」

羅止行笑笑，算是默認了。「到時候難免得請汪大人再推波助瀾一番了。」

「這我自然心中有數，不過國公，你是打算讓司天監的人說你們八字不合、命裡犯沖嗎？」汪爍站起來，低聲詢問。

倏地笑開，羅止行搖頭。「不，要說我們八字極其相合，一旦成婚會更有助於我的運勢，對我越有利越好。」

茫然地看了看他，汪爍嘴唇微抿。「國公自然有自己的法子，只是這消息明日大概會傳開，陸姑娘那邊，可能你得先安撫一二。」

「這就不煩勞汪大人費心了，而且以她的性子，還真不一定會放在心上。」像是想到了陸蒺藜全然不在意的樣子，羅止行無奈地搖著頭笑。

心中多了些落寞，汪爍越發板正了臉。「國公和陸姑娘互相了解，是我多嘴了。那若是沒有別的事情，在下就告辭了。」

「今日還是要多謝汪大人，和談之事瑣碎繁雜，汪大人辛苦了。」客氣地扶起了他行禮的身體，羅止行語氣越發認真起來。「但有一件事，我希望汪大人能幫我。」

「國公請說。」

收回自己的手，羅止行直視汪爍，目光懇切。「蒺藜她是否託你藉著和談事宜，暗中探查林丞相貪污行賄之事？」

心瞬間跳動得更快一些，汪爍緊繃著身體。「國公大人在說什麼，我不太懂。」

「你不用再瞞我，我所知道的，遠比你更多。我就問你，你難道沒想過她為何要這麼做，又打算等你查完後做些什麼嗎？」羅止行此時倒是語氣有些焦急。

汪爍遲疑地回道：「我隱約也了解當初軍防圖外洩一事，或許她只是想要報復丞相？」

「她想做的遠不止是這些，但就算只是想報復丞相，那也是極其冒險的事。」羅止行微斂著眉頭。「我不求你往後轉而為我做事，我只想要你把查到的東西提前讓我知曉，我不願她身涉險境，她要做的事情，我自會替她完成。」

沈默良久，汪爍卻還是搖搖頭。「國公，我不能答應。」

「你不信我？」

看他那著急的樣子，汪爍苦笑著搖頭。「我信，但是我也想讓她按照自己的想法行事。我或許沒有你那麼了解她，但我也知道該尊重她的意願。」

羅止行微有些愣怔，像是不知道該怎麼回答。

「況且在我離開之前，陸姑娘再三叮囑過，要我記得，在困境中救下我的是她，不能再受別人的拉攏了。」語氣略微輕鬆一些，汪爍笑著補充。

到底也不是強迫別人的人，羅止行垂頭想了片刻，對著他拱手。「既然如此，我也不逼迫你了。汪大人慢走。」

叫來丫鬟送他走遠，羅止行轉身將自己剛寫好的東西拿出來，走出書房。「羅叔！」

「主子。」

在他話音剛落下的時候，羅叔就從轉角處走了過來，接過他手中的紙掃了兩眼，一時心情有些複雜。

羅止行卻沒有管別的，只是摸著腰間的玉珮吩咐。「剛才我們說的話，你可都聽見了？」

「是，老奴明白，那司天監的鄭大人還欠咱們一份人情，這事一定能辦妥。」像是要讓氣氛輕鬆些，羅叔淡笑著開玩笑。「到底是我們國公，讓那郡主還念念不忘。」

回想起最後一次見面時蕭明熹說過的話，羅止行低嘆一口氣。「念念不忘是假，想報復我們才是真。」

抿抿唇角，羅叔收好紙，對著羅止行一拜。「主子的意思我心中清楚，這就去辦。」

「羅叔。」在他轉身後，羅止行卻又叫住他，眼神中略有些愧疚。「本來答應你要好好過普通日子，沒想到還是要走到這一步，是我不好。」

心疼地看他一眼，羅叔搖頭，笑著戲言。「這樣也好，咱們一直以來費了那麼大力氣做的一切準備，不就用得上了？」

低頭一笑，羅止行抬手示意他離開，自己則是站在遠處，仰頭看著天邊的烏雲。

很快，又要變天了。

「今日的早朝簡直是要嚇死我了。」

「可不是，一下子那麼多人被罷官，職位最高的孫大人，可是位居從三品啊！」

宮門外，一群剛下朝的官員們並沒有像往常一樣急著回家，反而聚集在一起議論紛紛，不少人都是臉色蒼白一片，像是還沒有緩過勁來。

寧思遠倒算得上神色如常，打算繞過這些人先走，沒想到還是被人揪住，順著抓著自己的手，他看到一張圓臉，是戶部的馮大人。

「寧大人，先別急著走啊，你往常最懂陛下心意，今日的事情，你是怎麼看的？」馮大人不放手，反而把另外幾個官員都招了過來。

不動聲色地動手想要掙開對方，卻沒有成功，寧思遠勉強笑了笑。「今日是有很多官員突然被罷免，可那些不都是御史臺正常彈劾的嗎？也許就是一時間湊到一起，趕巧了。」

「寧大人，今日的事情可不像是趕巧這麼簡單啊，不說別的，都是完全的證據確鑿，而且最重要的是這些官員被彈劾的說法啊，不都是照著陛下不能忍受的點嗎？」壓低聲音，馮大人臉色有些神秘。

這麼一說，幾個官員還真的如夢方醒般議論起來。「確實是這樣，往日御史臺彈劾人，都是朝著他們的政績說事，可這次更多的是說他們對皇權有多不敬。」

「慎言慎言。」裝模作樣地壓幾下手掌，馮大人又看向寧思遠。「寧大人，你要是知道些什麼，就和我們說吧，也好讓我們不亂猜，免得失了分寸。」

笑著搖頭，寧思遠這才用力抽回自己的手，拍拍馮大人的胳膊。「大人，在下真的一無所知，但是行得正，自然無所畏懼，我們都是對陛下忠誠的人，定然沒事的。」

「是，還是寧大人說得對。」重重點幾下頭，馮大人見實在問不出什麼，才放開手。

不過等到寧思遠走遠了，又神秘地衝著別的官員們說：「要我說，還是撞了邪，咱們回去之後可要找些避邪的桃木、黃符之類淨一淨門庭。」

煞有介事地點頭，幾個大人們轉而一起相約去買桃木了，喧鬧一時的宮門口，此刻才算是安靜下來。

可是此時國公府裡卻多了位意外的客人。

羅止行疾步迎出來，看到站在廊下的蘇遇南。「你不是向來不出你的金風樓的嗎，今日為何會過來？」

「羅止行，你都在幹些什麼！」將頭上的帽子一摘，蘇遇南看起來有些氣急敗壞。耐著性子讓丫鬟把扔在地上的帽子撿起來，羅止行帶他回到自己的書房，關上門才笑著開口。「我也沒做什麼，那些人在位置上待久了，也該下來了。」

「可你也不該一次全動啊！但凡是長點腦子的人，都能看出來不對勁。」聽完了他的說法，蘇遇南可謂是更加生氣，真不知他是怎麼想的。

羅止行倒還是笑得淡然，斜靠在椅背上。「新上的茶不錯，你嚐嚐。」

「你還有心思品茶？」不由得瞪他一眼，蘇遇南雖是這樣罵了，卻也拿起來小啜一口。「倒還真的是好茶，看在茶的分上，我繼續幫你收拾殘局吧。放心，我能夠遮掩過去的。」

「誰說我要遮掩？」

一聲清淡的反問，讓蘇遇南瞪大了眼睛，撐起身子看他。「你什麼意思？你不是一向不願意顯露手段，只管一人在背後謀劃的嗎？」

長鬈的睫毛，在羅止行的眼皮下方投出一片陰影，他的嘴角輕輕勾起，無端顯得冷漠。「那是以前，韜光養晦是為了更好的拔劍出擊，如今時機到了，該讓我的皇帝舅舅看看我的本事了。」

嘴角微沈，蘇遇南難得一本正經的樣子，臉上向來的笑意不見分毫。「我以為你放棄了之前的打算，如今不是有那個寧思遠在做嗎？還有了自己喜歡的人，何必冒險復仇？」

「你都說了我是在復仇，那自然是自己動手才解氣了。」噙著笑，羅止行看起來沒有絲毫的不妥。

但蘇遇南就是覺得不對，偏偏從他的神色中看不出任何問題，良久之後，只能挑眉坐回去。「罷了，想來是我太天真，以為和國公大人已經成了無話不談的至交，沒想到還是被滴水不漏地瞞著，男人啊，都是這個樣子。」

額頭的青筋跳動幾下，羅止行被他這話給氣笑。「你已然是知曉最多的人了。我看你真是和你們樓中的姑娘待久了，說話越來越不著調。」

「切。」冷哼一聲，蘇遇南趁他不備突然發問。「是因為陸蔟藜，對不對？」

「你覺得你還能從我這裡套話？」抬袖倒上一杯茶，羅止行岔開話題。「我前幾日讓你查寧思遠，你有頭緒了嗎？」對於寧思遠的佈局動機，他一直心存疑惑。

見他真的不願再說，蘇遇南索性也順著聊。「我親自出手安排的，當然有收穫。只是現在都是些猜測，實證還在找，你可以當作我的猜想聽一聽。」

抬手示意，羅止行端起一杯茶到嘴邊細抿。

「你還記得，這大晉朝的江山是怎麼得來的嗎？」笑嘻嘻地問過後，見羅止行壓根兒沒打算配合，蘇遇南才翻著白眼繼續說：「咱們的開朝皇帝原先只是前朝的一名武將，前朝末期，吏治混亂，皇帝昏庸無道，太祖皇帝逐漸奪得兵權。」

就因為這些過往，武將一向是本朝皇帝最忌憚的，羅止行冷冷一笑。「這些陳年舊事，和他有什麼關係？」

「當然有關係了，比如說，他可能就是前朝的遺孤血脈。」

吞嚥茶水的動作一滯，羅止行暗中吃驚片刻，又恢復成淡然的樣子。「怎麼說？」

還是沒有嚇到他，真是無趣，撇著嘴，蘇遇南回想著搜集到的情報。「最開始查他的時候，我只是照常從他身邊親友背景、家鄉這些地方入手，可緊接著我覺得不對勁，他的過往太乾淨簡單了，就是純粹一個老百姓罷了。」

「可要真的是平凡百姓，沒有經歷什麼事，又怎麼可能會萌生謀逆的念頭，咱們的聖賢書可不是這麼教的。」轉動著茶杯，羅止行面帶嘲意。

「正是此理！不過你也是熟讀聖賢書的人啊，這番話就和你身分不符了啊！」調侃他一句，蘇遇南繼續說道：「再後來，我發現他和一個人有關係。前朝那個被廢黜的太子，你還記得嗎？」

勾起些許興趣，羅止行點頭。「這我倒是清楚，我記得這個太子也算是個人物，一度想要改革變法，整頓吏治，只是可惜啊，注定要滅亡的朝代，容不下這樣的人。寧思遠和他有關係？」

「那個前朝太子被廢了之後，過得那叫一個慘啊，在邊地受苦受累，本就身子不好了，後來開朝皇帝起兵，他又擔憂不已，就這麼積勞成疾病死了。他的家眷自此散落各地，後來太祖皇帝也派人尋找過，是找到了他的幾個孩子，但不是全部。只是可惜，這些孩子被找到後，幾年間也都陸續死了，死因為何，不得而知。」

隱下心底的唏噓，羅止行敏銳地抓住問題。「看你這用詞，難道還有遺腹子？」

「人太聰明了，真的很無趣，你這樣讓我覺得沒有成就感啊。我猜到的，你都知道了。」無聊地瞥他一眼，蘇遇南兩手攤開。「是，太子殿下在被貶後難免心緒浮動，為寄託抑鬱，寵幸了當地的一個舞娘，但是後來，這個舞娘莫名其妙就不見了。」

眉頭輕輕挑起，羅止行挽著袖子，過去幫蘇遇南添上一杯茶。

正說得口乾，蘇遇南也沒客氣，拿起來就喝。「然後就聽說，那個舞娘是因為惹怒了太子被趕走的，離開的時候，小腹微微隆起。我琢磨著，很有可能是太子早料到結局，故意讓她走的，再然後，線索就斷了。」

這算什麼，羅止行撇著嘴，正打算追問。

「先別急！」抬手止住他的話，蘇遇南神神秘秘地笑。「這個結果，只是太祖皇帝得出來的，但是我不一樣啊，我的眼線遍布了所有地方，我直接想辦法遣了一個商隊過去沿線打聽，還真的探聽到了一些消息。

「就在邊地，當時有很多逃難過去的人，其中有一個美貌的姑娘匆忙嫁給了一個漁夫，五個月後就生下了一個兒子，而不巧的是，寧大人的爹爹就是這個兒子，更有趣的是，寧思遠自出生後就一直在他祖母膝下養大。」

斂著下巴，羅止行望著手中的茶盞出神。若是說這才是寧思遠真正身世的話，他所做的一切，也就有了解釋。

「當然了，這些線索串起來後得到的結果是我的猜測，只是能證明的實證怕是難尋，你要是還需要的話，我再去找。」

抬眉看他一眼，羅止行笑著搖頭。「罷了，我知道這些就夠了。」

見他沒有再繼續追查的要求，蘇遇南自然也是樂得悠閒。「那也好，還有別的事情嗎？沒有我回去睡覺了，一天天地跟著你操些不必要的心，你倒是連自己要做什麼都不告訴我。」

好笑地看著他，羅止行還沒有開口，外面突然傳來羅叔含笑的聲音。

「國公，陸姑娘來了！」

蒺藜？轉頭看蘇遇南一眼，羅止行笑著迎上去，就見到她正站在外面等。走到她身側，羅止行揉揉她的額髮。「怎麼突然過來了，有什麼事嗎？」

「當然有事，大事啊！」拍下他的手，陸蒺藜抱著胳膊望他。「羅止行，你是不是要娶別人了？」

茫然抬眼，羅止行想了片刻才知道她在說什麼。「那不是還沒有定下來嗎？我不會娶蕭明熹的。」

「哎，這可不一定，我看就是你樂見其成，就等著陛下的聖旨了。」從書房中鑽出來，蘇遇南笑得不懷好意。「小陸兒我跟妳說，他的話可是不能信的，妳不知道，他和那個郡主從小就玩得來。」

忍著笑意，陸蒺藜故作可憐的姿態，低垂著目光看腳下，長嘆一口氣。「我哪裡能不知道呢，郡主對國公是一片深情厚誼，知道國公的一切喜好，如今天定的良緣要成了，也是一段佳話吧。」

「可不是，到時候小陸兒要是黯然神傷，不妨來與我吃酒啊！」認真地點著頭，蘇遇南乘機湊過來想要抓住她的手腕。

先一步將陸蒺藜拉到身側，羅止行瞇著眼敲她一下。「再胡說。」

吐吐舌頭，陸蒺藜從袖子裡摸出來一團東西給他。關於這件聯姻的事情，她還真不急，前世就沒有成功的事情，現在也不太可能。若是真的成了，那她還得先燒香拜佛慶祝自己擺脫命運的軌跡了。

毫不知她在想什麼，羅止行接過她手中的東西，只覺得是一塊軟布，攤開後看了許久，才從歪曲的針腳和稀疏的繡花中辨別出來，這是個香囊。

「哎呀，小陸兒，妳送塊小孩子亂縫的布做什麼？」蘇遇南也湊過去，咋呼地喊了一聲。

立馬黑了臉，陸蒺藜面紅耳赤地反駁。「哪是亂縫的？你沒看到這個刺繡，繡的還是竹子，這麼用心的香囊呢！」

盯著那個輪廓格外圓潤的刺繡，蘇遇南眼皮跳了跳。「小陸兒，妳這就是誆人了，瞧這，頂多算個竹筍。不然止行你說，這個東西能叫香囊嗎？」

轉頭看一眼氣呼呼的陸蒺藜，羅止行莞爾一笑，直接將那香囊掛在了腰間。「我覺得很好。」

嘴角抽搐地看著那與他周身裝扮格格不入的香囊，蘇遇南甚是欽佩地豎起大拇指。「是我的問題，我竟然還沒有練就你那一身張嘴說瞎話的本事。」

被順了毛的陸蒺藜瞪他一眼，笑咪咪地圍著羅止行說話。「你這幾日都在忙些什麼啊，也不見你來找我。」

「沒什麼，忙著想辦法拒婚罷了。」隨口答道，羅止行牽著她打算去院子的另一處。「羅叔費心種的果子快熟了，一起去看看可好？」

沒等陸蒺藜回答，羅叔倒是從外面匆匆而來，身後還跟著李公公。

轉頭跟蘇遇南交換一個眼神，羅止行將陸蒺藜推到身後，笑著迎上前。「公公怎地有空過來，是有什麼事嗎？」

「陛下有旨，宣國公進宮。」

面色微冷，陸蒺藜緊抿著嘴角，這一刻才發現，已經很久沒有聽到李公公這尖細又冰涼的聲音了。

「既如此，可否容我換身衣服。」依舊笑得溫和，羅止行輕聲問道。

打量他一番，李公公的目光在他腰間的香囊上停了一會兒，略有些困惑。「國公的服飾並無不妥，莫要讓陛下等了。」

「好吧，羅叔，等會兒你送陸姑娘先回去。」撣去衣服上的皺褶，羅止行簡單吩咐一句，便跟上李公公離去。

皺眉看著他走遠，陸蒺藜心中有些不安，陛下為何如此匆忙要他進宮，莫不是為了商議聯姻的事情？他又該怎麼回答才能不惹怒陛下？

轉眼看到了陸蒺藜臉上的擔憂，蘇遇南眼珠一轉，笑著拍她肩膀打趣。「小陸兒啊，妳看到沒有，妳的香囊可是讓李公公都刮目相看了。」

「那當然，我這香囊做工雖然不精巧，但是勝在生動樸實，李公公見慣了精巧之物，難免會對我這香囊有所青眼。」毫不心虛地回了他一句，陸蒺藜臉上的表情才稍微好些。「他就這麼被叫去，真的沒事嗎？方才我應該告訴他，暫時把那婚事應下來也行。」

他這番被召進宮裡，恐怕原因還真的不是因為那朵不重要的桃花。蘇遇南挑挑眉，故作不正經地道：「反正無論怎樣都是他受著，他比妳我精明多了，不用擔心啊！」

轉頭瞥他一眼，陸蒺藜嘆口氣。「你們都覺得他聰明淡然，什麼事情都能夠處理好，我也心知肚明不會出事，但我就是擔心啊。」

「嘖，這一番真心真意，我可真得想辦法告訴他。」重重點兩下頭，蘇遇南笑著攀上她的肩膀。「行啦，妳如今是想先回府，還是跟著我吃酒去？」

拿下他的胳膊，陸蒺藜不答話，轉而走到羅叔面前。「羅叔，那我們就先離開了，若是他回來了，煩請讓小廝來告訴我一聲。」

也聽見了陸蒺藜剛才說的話，羅叔心中越發動容，連連點頭道：「陸姑娘放心。」

這才笑著與羅叔道別，陸蒺藜走出國公府，卻轉身就堵住了蘇遇南的路。「我問你，你們是不是在做什麼事情？你來這裡又是為什麼？」

「我們能做什麼大事？我來這裡，自然是因為樓裡新進了一批舞娘，我請他來觀賞啊。」笑咪咪地抱著胳膊，蘇遇南說得十分自然。

摸摸下巴，陸蒺藜卻覺得不對。「說實話，我不太信。」

「那我也說實話，我確實是騙妳的，但我不會告訴妳真相。」同樣認真看著她，蘇遇南說得理直氣壯。

被噎住，陸蒺藜捶著自己的胸口。「蘇公子，真不愧是做消息買賣的。」

「哎，那可不，為顧客保守秘密是我們的職責嘛。往後陸姑娘也可以來找我做生意啊，說過了，給妳免費！」眨幾下眼睛，蘇遇南風騷地拄著下巴。

被他氣笑，陸蒺藜從懷中摸出一錠金子。「那我現在就做，不用免費，我出錢買羅止行的消息。」

「可惜了，這麼好的一樁生意做不成，國公大人可是我的大主顧，我人都是他的，自然不能背叛啊。」摸著金錠的一角，蘇遇南惋惜得十分真情實意。

陸蒺藜有些牙疼，不願意再浪費時間，衝他慾出一個難看的笑容，轉身就上了自己的馬車。

直到看著陸蒺藜遠去，蘇遇南才收了自己的笑容，轉而目露深沈。他登上自己的馬車，對外面的婢女吩咐。「交代下去，這段時間，陸姑娘那邊的人要看得更仔細些。」

「是。」

婢女低聲地應了，蘇遇南才閉眼往後靠著馬車廂。真不知道這兩人都在搞什麼名堂，恩愛有加的是他們，互相防備隱瞞的也是他們。

「方才在國公身邊的，除了陸姑娘，另一名男子是誰啊？」後半步跟著羅止行走在官道上，李公公突然出聲。

剛剛四散的思緒立馬回歸，羅止行轉頭輕笑。「是一名友人，閒散的公子哥兒，並無功名，李公也不認得。」

只點點頭，李公公不再說話，彷彿剛才真的只是隨口興起一問。

斂著嘴角，羅止行低眉一笑，也沒有多放在心上，可正當他想要踏上直奔重英殿那條路的時候，李公公突然攔住他的步子。

「國公，今日陛下吩咐了宮女在前面灑掃，唯恐衝撞了您，不如隨咱家換條路走？」

困惑地看了他一眼，羅止行淡笑著點頭。「如此也好，李公公請帶路吧。」

跨了半步到了羅止行的前面，李公公帶著他繞到另一條路上，相比於原本直奔重英殿的道路，這裡顯得沒有那麼莊嚴，古樹代替了宮牆，偶爾的幾縷花香，越發添了些意趣，羅止行也不由得抬頭看看四周。

目光在觸及不遠處一座宮殿的樓閣時，羅止行突然沈下臉色，神情嚴肅起來。

「前面不遠處，就是公主殿下居住過的宮殿了。」不約而同地看著同一個方向，李公公平白多出一聲感嘆。

低下頭，羅止行將手攏在袖子裡。「母親早已成了過去，難得李公公還惦記著她。」

「咱家入宮早，有幸也見過公主，她那樣高貴的人，自然是不敢忘的。」恭敬地道了一聲，李公公轉身繞過一個亭子，竟是已經到了重英殿的側後方。「國公，到了。」

眼睛細微地瞇了瞇，羅止行停下步子。「此前倒是不知道，還有這樣的一條小路。」

「國公身為外臣，自然是不知曉的，這條路往常並沒有很多人走，只是宮人們來去方便些。」臉上沒有絲毫變化，就連聲音都一如既往地沒有起伏，李公公低著他那彷彿永遠直不起來的腰，躬身回道。

扯動嘴角，羅止行也沒有再多說什麼，整理好衣服就進了重英殿。

重英殿裡高坐其上的，自然是程定。

「微臣見過陛下。」

坐在龍椅上，程定壓抑著自己的怒氣，足足讓他跪了半刻鐘，才冷淡開口。「起來吧，你這個荊國公可厲害著呢，朕都不敢讓你多跪。」

心底冷冷一笑，羅止行臉上卻是一片惶恐，直接撲倒在地。「微臣不知做錯了何事，還請陛下降罪。」

「你能有什麼錯？朕同你開玩笑呢，朕叫你起來！」

雖然從不曾流露出絲毫痛楚的樣子，但此時羅止行卻連用手撐一下地都沒有，強忍著腿的痠痛站直。

算是微出了口氣，程定轉動手上的扳指，斜睨著他，目光在他的腰間頓了頓。「羅止行，今日朕罷黜了一批官員，你知曉此事嗎？」

「回陛下，微臣知道。」沒有絲毫猶豫，羅止行低著頭回應。

沒料到他會直接承認，程定沈默了片刻，又面無表情地追問道：「所以說，這些人果真都是你私下蒐集證據向御史臺提告的？」

揮袖一拜，羅止行的聲音十分冷靜。「回陛下，確實如此。」

「大膽！」拍案而起，程定手指著羅止行。「那些人好歹都是朕的官員，朕何時要你私下去查他們了？」

嘴角的嘲意險些藏不住，羅止行放下袖子，直對上程定的目光。「微臣以為，為陛下分憂是分內之事，那些人對陛下不敬，對朝堂不忠，微臣是想為陛下的朝堂盡一分力啊！」

盡一分力，程定咬著牙笑，卻又說不出話來。「好，這麼說朕還要賞你不成啊！」

「微臣不敢，如此小功，不敢領賞。」恍若未聽出他的警告，羅止行啟唇輕笑，俊秀的面龐顯得都明媚起來。

可落在程定的眼中，就是大逆不道的笑。「羅止行，你還在跟朕裝傻，你以為朕不敢動你嗎？」

「陛下還想對微臣做什麼？」臉上的笑容瞬間消散，沈寂壓抑了十數年的怨憤，此時在羅止行的眼中毫無保留地顯露。「微臣孑然一身，無朝職無權力，陛下還想要怎麼動微臣呢？」

從未見過他的這一面，在這至高無上的位置上坐久了，程定早已忘記被人頂撞是什麼感受，如今看著羅止行，氣得手指發抖，卻忘了該如何反駁。

你看，他所憑藉的，也無非是一身帝王的威儀。若是不把他當帝王看了，他又和街口的老者有什麼區別？雙目照樣渾濁，身軀照樣無力。

隱下心底的話，羅止行繼續開口。「我們羅家世代忠良，積累的名聲並非憑空而來，雖然我爹娘慘死，這些年來沒有人敢提，可百姓心中又可曾真的忘記？陛下不能殺我，至少為了您的面子，您不能在明面上殺我。

「當然，陛下也有很多種辦法暗中殺了我，可是我記得，金國的小郡主可是看上了微臣，陛下一心和談，應當也不願意駁了人家的要求吧？」羅止行淺淺笑著，身體的姿勢沒有絲毫不敬，彷彿說的都是些恭維程定的話。

凝視著他，程定到底是做了這麼多年的皇帝，很快壓抑下脾氣，獰笑著坐下，目光直接看向他腰間的香囊。「朕約莫記得，你和陸家那個丫頭很是親近，你今日這番話，莫不是想要朕幫你回了聯姻的婚事？」

隨著他的話音落下，程定的目光移到了羅止行的臉上，想看看他的表情變化，只是可惜，程定什麼都沒有看到。

「陛下誤會了，微臣這麼做，只是為了幫陛下清理那些心懷不軌的人。」恭敬地斂著下巴，羅止行淡淡開口。

凝視著他的臉，程定壓抑著脾氣點頭。「很好，羅止行，朕竟然至今才看出你的真面目，未來時候還長，你好自為之。」

「陛下說得是，未來時候還長，陛下洪福萬年。」俯身長拜，羅止行神色淡然，壓根兒沒有感受到程定的威脅一樣。「倘若陛下再沒有別的事情，微臣就先告辭了。」

沒有得到回答，羅止行直接站起身，轉身前的最後一瞬，眼睛不經意地掃過了站著的李公公一眼。他還是半彎著腰，用最恭敬的一面對著程定，有如永遠是皇帝最忠誠的貼身太監，能為他做任何事。

冷眼看著羅止行離去後，程定壓抑的脾氣才頃刻爆發，抄起案桌上的杯子就砸在地上。

「陛下息怒。」此時大殿上只有李公公一個人隨侍，他連忙跪了下來。

「這個羅止行，朕以前竟還真的以為他是個良善的，放縱了他這麼多年，如今才知曉，他和他那個爹一樣包藏禍心，簡直可惡！」怒聲咒罵，程定更是厭煩地把桌上那一摞奏摺也隨手推倒。

眼底迅速劃過一絲光芒，又很快隱下去，李公公抬頭小心翼翼地打量了程定的臉色，才跪行到他身邊收拾殘局，一邊還不忘說些寬慰的話。「再如何，也是陛下的臣子，陛下找個錯處將他處置了就好，不值得為這種人動怒。」

「你說得倒是容易。」發了一通脾氣，又對著自己最信任的人，程定口吻略緩和了一些。「他現在徒有爵位，卻壓根兒不當差，朕就尋不到合適的錯處。往日裡又裝得太好，若朕說他為臣不敬，也沒有說服力，更何況朕今日處置了太多朝臣，要是再急著動他，難免讓百官們寒心。」

越說著，程定又起了怒火。「現在的狀況，就只能放任他這麼先過一段舒服日子，那幫沒用的大臣們也不知是怎麼做事的，羅止行暗中做了那麼多事，竟然之前都毫無人察覺！」

「陛下放心，以後一定能找到合適的機會。」將奏摺都整理起來，只是原來不知道順序是怎樣的，李公公只好自己隨手擺在桌上。「他爹當年都能違抗陛下的命令不交出軍權，更何況是他？早晚一起收拾了。」

這話倒是取悅了程定，羅止行爹爹的死，直到現在都是他心中最隱秘的痛快事，微哂笑片刻，程定這才伸出手，拿起李公公剛整理好的奏摺。打開最上面的一份，剛看了個開頭，他又沈下了臉，眉頭也皺在一起。

將他的神情盡收眼底，李公公慌忙惶恐地跪下。「不知奴才哪裡惹怒了陛下，請陛下降罪！」

「不是你的錯，起來吧。」嘴角微沈，程定捂著發疼的頭。「是司天監呈上來的摺子，合了羅止行和那個金國郡主的八字，哼，你猜猜是怎麼說的？」

李公公起身低著頭道：「奴才不知。」

「他們說，是大吉，天作之合！兩人成婚後，女方會大利男方命數，甚至能讓他逢凶化吉、尊貴無比。」將那奏摺扔回了案桌上，程定心中已然有了打算。「羅止行說得沒錯，這個金國小郡主若是真嫁給他，朕又得多一分顧忌。」

默不作聲地垂下目光，李公公不予評價。

轉動幾下扳指，程定坐直身子，拿起御筆蘸了硃砂，不知寫了些什麼，最後才將奏摺合上，揉著鬢角慨嘆。「朕真的是老了，為何這些年來除了那個賤人的兒子，再也沒有過皇子出生？」

這句話可大可小，李公公更加將腰彎低了一些。「陛下洪福齊天，眼下也正值盛年，往後定然會有更多的小皇子出生。」

「罷了，去備些茶點吧。批完這些奏摺，去南婕妤那裡。」揮揮手，程定說道，方才發了一番火，眼下竟感覺有些疲憊。

領了命，李公公轉身退下，到了殿外才鬆口氣，叫過來一個小太監。「去，把御膳房準備的茶水糕點都端上來，要些清火的茶，糕點要些好消化的，等會兒陛下還要去南婕妤處。」

「是。」小太監應了一聲，見四下無人，又大著膽子對著一直帶著自己的李公公感嘆道：「公公照顧陛下是最妥貼細心，可惜如今陛下聖心越發難測，時不時就要發些脾氣。」

「大膽！」厲聲斥他一句，李公公瞪著他。「陛下的事情也輪得到你來多嘴？往後若是再讓我聽到你說這樣的話，定要你受罪，到時候可別怪我不顧往日情面。」

忙小心地低下頭，小太監不敢再多言，心中卻也清楚，李公公一直是面冷心熱，說這些，也是為了自己不再犯錯。

見他臉色蒼白不敢說話，李公公才放他離去。「那還愣著做什麼，快去！」

連忙一溜煙快步走遠，李公公看著那個小太監，突然有些恍惚，想起自己剛入宮的時候也是這樣莽撞，有一回竟是衝撞了公主，就在他以為大禍臨頭的時候，公主卻笑著遞給自己一塊糕點。

那塊糕點，他當時只吃了一口，然後便小心地藏了起來。那糕點的味道是什麼樣來著？時間太久，竟都有些記不得了，凝視著重英殿的方向，李公公難得失神。

出了宮門，羅止行足足在馬車上深呼吸了好一陣，才覺得舒服許多。鬱結在心中那麼多年的怨恨，有朝一日能當著程定的面發洩出來，他才發現自己從未有一刻忘記過那些仇恨。

「爺，我們回府去嗎？」

馬車外傳來長均的問話，羅止行掀起車簾一角，看著外面熙攘熱鬧的人群，有一個小孩許是剛逃學回來，正被母親捏著耳朵罵。嘴角淡淡地彎了彎，羅止行放下車簾。「不，去寧思遠的府上。」

聽到荊國公前來拜訪的時候，寧思遠正在給園中的花修剪枝條，剛放下剪刀，就看到了他被下人帶到面前。

「在下倒是不知道，寧大人竟然還有這樣的雅興修剪花木。」笑著頷首，羅止行打量著他面前的花木，竟還真的照顧得不錯。

擺手讓下人們都退下，寧思遠皺眉看著他。「國公這是剛從宮裡出來？」

「是。」沒有隱瞞，羅止行卻先攔下那個拿著剪刀的下人，接過他手中的剪刀才讓他退下。

目光下移，寧思遠看到了他腰間的香囊，眼神閃爍片刻，又很快移開。「剛從皇宮出來就直奔我這裡，不怕被人發現你我有交集？」

「不怕，而且現在陛下就算知道，應當也以為我是來拉攏你的。」淺笑著開口，羅止行實話實說。

寧思遠也不由得搖頭笑笑。「你為何一夜之間動作變得這麼大？」

看到了盆栽斜邊橫出來的一根枝條，羅止行拿起剪刀，挨到它的時候卻又收手。

「我得搶時間。」

這話讓寧思遠一頭霧水。「什麼？」

「沒什麼，就當我是為了避開聯姻的婚約吧。」放下剪刀，羅止行笑著指那個橫出來的枝條。「我看它很順眼，你且留著，讓它隨便長吧。」

他們原先談的本是很嚴肅的事情，羅止行竟然轉口就說起花木來，寧思遠哭笑不得地點頭。「國公大人都這麼說了，就讓它這麼長吧。說來也是，何必都修剪得整整齊齊的？」

「正是此理。倘若不是因為一些原因，說不定我們還真的能成為朋友。」點點頭，羅止行將剪刀交給寧思遠。

「國公這話就寒人心了，我們原來還不是朋友嗎？」將那剪刀放下，寧思遠收斂神情。「國公此番前來，到底是要做什麼？」

「其實我來只為提醒你一件事，眾多官員被罷黜，你要快些將人補上那些空著的職位，但不能由你動手。」對視著寧思遠的眼睛，羅止行負手說道。

寧思遠之前拉攏了不少有才幹的罪臣之子及寒門書生，等的就是這一日。可是這些，也是寧思遠方才糾結的難題。「我自然知道，可是到底該讓誰去辦，我就拿不定主意了。」

「那在下就給寧大人指一個人吧，吏部，沈赫。」像是早有所預料一樣，羅止行淡笑著開口。「而你之前和那些人的接觸，也要想辦法抹去痕跡。」

「我救了他們之後已將他們妥善安置起來，不會查出和我之間的關係。」寧思遠遲疑著開口。「只是你說的沈赫，他只是吏部郎中，能作得了這個主嗎？」

「沈赫雖然只是郎中，但本身就是主管官員任免的，為人也公正，此前落魄時我曾幫助過他一把，如今的吏部尚書昏庸無能，這件事，沈赫絕對說得上話。」伸手摩挲幾下腰間的香囊，羅止行回道。

有了他這一番解釋，寧思遠心下了然，連忙應下。

「我不便多待，得先走了，你遇到沈赫可告訴他是我讓你去找他的，他自然也會幫你瞞著該瞞的事。」說完後，羅止行微微頷首，轉身離開。

重新叫來小廝，寧思遠回到房中換衣服，著手去做這件事。

「爺何時跟寧大人關係這麼好了？」長均一直在門口等候，羅止行出來後，忙扶著他上馬車，隨口問一句。

抬腳的動作停了一瞬，羅止行隨即又神色如常地坐好。「我和他關係也沒不好吧。回府，不必多問。」

長均自然也不再多言，一路很快回了國公府。

第十四章

回到國公府，羅止行逕自朝著書房的方向而去，卻不想半路遇見了羅叔。

「主子回來了，可要吃些東西？」見到他安然歸來，羅叔才鬆下懸著的心，笑著問道。

搖搖頭，羅止行停下步子。「不用了，蒺藜他們走了？」

「是啊，陸姑娘走的時候，還交代主子若平安回來，要讓小廝去告知她一聲，老奴這就去辦。」羅叔笑呵呵地回了話。

聽聞此言，羅止行也是不由得臉色一柔，有人記掛著的感覺，到底是很好的。「去的時候，讓小廝也帶些府中做的蜜餞去。」

「是。」笑著點頭，羅叔不再耽誤他。「主子先去忙吧，老奴會準備好的。」

羅止行也不再客氣，直接回了書房。拿出一張白紙，動作有些急切，閉目想了片刻，再落筆後，一幅地圖很快畫好。若是李公公在場一看，勢必會驚訝地認出，圖上畫的是他帶著羅止行走過的那條路。

吹乾墨跡，羅止行找來一個小盒子，準備將這張地圖小心地存放起來，動手之後，卻停頓了一瞬。李公公今日說的話與做的事，到底是有意還是無意？手指輕輕點了幾下木盒，羅止行不再多想，先將地圖收了起來。

翌日，汪爍拐進一家酒樓的時候，臉上是一片喜氣，匆忙上了二樓雅間，裡面正坐著陸蒺藜。「陸姑娘，事情辦成了。」

「什麼事情辦成了？」陸蒺藜看著他的笑臉，倒是一時有些茫然。

拿起桌上的一杯茶喝乾，汪爍笑著看向她。「今日得到消息，陛下不同意國公大人與金國郡主聯姻之事，讓我們和談的時候提出來呢。」

原來是這樣，陸蒺藜卻不意外，幫他添上一杯茶。「我還當是什麼事。你去查丞相貪污受賄的證據，可有線索了？」

「已有了一些，我還在細查，不敢引起注意。」提到這裡，汪爍一時間有些歉疚。「而且昨日剛有一大批官員被罷免，所有人都變得小心行事起來，陸姑娘恐怕還得等等。」

「這樣啊，沒事，也不急。」本也知道這事並不容易，陸蒺藜諒解地點頭，將茶杯端起來的瞬間，卻發覺他剛才話語中的不對。「你說，昨日有一大批官員被罷免了？」

不知道她為何突然緊張起來，汪爍坐直了身子，點頭道：「不錯，是有一大批官員被罷免了，都是一些對皇室不敬的罪名，今日上朝最主要的事情就是商量這些空職由何人補上。」

手指縮在一處，陸蒺藜小心翼翼地說出一些名字。「那替補的人裡面，可有洪林、馮舒、鄭成章這些人？」

「有啊，陸姑娘是怎麼知道這些人的？還是禮部尚書提出來的人選，若是不出意外，審核通過後，他們為官的可能性就很大了。」

汪爍的話傳入耳中，陸蒺藜的臉色卻越發蒼白。不對，這些人不應該這麼快就當上官，前世這個時候寧思遠還忙著軍中事宜，這些人至少兩年後才會進入官場。

本在低頭品茶的汪爍，不經意地抬頭看到了陸蒺藜的神情，難免有些憂慮。「陸姑娘，妳的臉色怎麼這麼差？是不是身體不舒服，要先回府休息片刻嗎？」

勉強擠出一抹笑，陸蒺藜對著他歉意頷首。「我確實有些不舒服，就先回府去了，今日本該請汪大人吃飯，是我不好，我們改天吧。」

「陸姑娘哪裡的話，我叫青荇進來。」汪爍不方便直接攙扶她，先將守在外面的青荇喚了進來。

一看到陸蒺藜的臉色，青荇就忙低聲問：「小姐沒事吧，我們先回去。」

匆忙與汪爍道了別，回到馬車上，陸蒺藜捂著胸口靠坐在馬車上。

青荇只當她是真的不舒服，連忙吩咐車夫。「快回府，讓……」

「等等！」拉住青荇的袖子，陸蒺藜打斷她的話。「不回府裡，去寧清觀。」

「小姐，這時候去道觀做什麼？生病了只有看大夫才能好的，燒香拜佛不管用。」

青荇望著陸蒺藜，苦口婆心地勸道。

這倒是惹笑了陸蒺藜，伸手捏捏她的臉頰。「我是有事去道觀，妳放心，我並不是生病了。」

眼看她的面容現在稍微紅潤了一點，青荇這才勉強放下心來。「那好吧，若是小姐又不舒服了，可要馬上告訴青荇。」

對她點點頭，陸蒺藜合上雙眼，閉目沈思。這些事是前世發生過的，但是發生的時間提前了，到底是怎麼回事？難道說，這就是孟婆所說過的，關鍵的時候？

實在滿腹疑惑想問個清楚，馬車一路顛簸，陸蒺藜也是一路上皺著眉沈思。

終於到了寧清觀的山下，她匆忙下車，帶著青荇就往道觀的方向走去。可是這次與她上次來的情況截然不同，今日人來人往的很是熱鬧，已不是上次那種清幽的環境。

總算到了寧清觀，陸蒺藜直奔黃泉殿去，卻發現裡面的擺設好像不一樣了，連神像都是正常的神像，上次那種陰冷的感覺全然不存在。強壓著心中的困惑，陸蒺藜上了一炷香，轉頭出來就拉住一個小道士。「你們的道長呢？」

「小姐，妳這問的是什麼話？我們這裡的都是道長啊。」小道士回過頭來，不解地看著她。

這才看清楚他的臉，陸蒺藜覺得眼熟，半晌後才想起來。「是你，上次我來，就是你把我們攔在門外的，你可還記得？」

詫異地想了片刻，小道士才恍然大悟地點頭。「原來是陸姑娘，妳這次沒有帶那麼多隨行侍衛，貧道都不記得了。」

「那你可還記得上次有一個道長帶我進去，我想見他。」語氣有些焦急，陸蒺藜追問道。

小道士撣著衣服上的香灰，點頭回道：「記得，是孟道長嘛。不過他現在並不在觀中，出去雲遊了，真是不巧。」

「他不在？何時離開的？」擰著眉頭，陸蒺藜嘴角微沈。

回想片刻，小道士笑著回道：「就是上次與妳同來的那個男子來過之後啊。」

與我同來的男子？陸蔟藜心中有些困惑，隨後意識到他說的是誰，聲音有些乾澀。

「是羅止行？他單獨又來過？」

「好像是姓羅沒錯，孟道長還說和他有緣，兩人聊了很久呢。」

雙目有些失神，不知是不是香的味道太重，陸蔟藜猛然彎下腰，捂著胸口大聲咳嗽起來。

「小姐，妳沒事吧？」青荇被嚇到，連忙輕輕拍著陸蔟藜的後背，不知道為何說國公來過，小姐就是這樣的反應。

淚水都被咳了出來，掛在眼睫毛上，陸蔟藜撐著身子站直，衝青荇擺擺手示意沒事。

小道士同樣被她的反應嚇到，見她止住了咳嗽，才小心開口。「陸姑娘有事要找孟道長嗎？可是要找他占卜或是解惑？陸姑娘不用急，我們道觀中還有別的道長，也都很厲害的。」

「勞駕，我再問一句，那羅止行是何時來的？」平復著內心的惶恐不安，陸蔟藜攥緊手心追問。

沈吟片刻，小道士笑著回道：「也不太久，應當是兩個多月之前。」

兩個多月之前……突然想起那個初夏的早上，羅止行乍然來到了自己的面前，那時他是怎麼說來著？他說他作了一個惡夢，夢見她一個人很苦……想到了那時他的樣子，陸蒺藜陷入沈思，神情凝重。

「陸姑娘，妳還好嗎？」小道士搓著手掌，惶恐地問。

伸手讓青荇扶住自己，陸蒺藜通紅著眼看他。「無妨，我真的有事找那位孟道長，若是他回來了，煩勞你告訴他一聲可好？」

「這是自然，陸姑娘放心。」小道士點頭。

點頭與他示意後，陸蒺藜逕自帶著青荇往觀外走，此後，無論青荇怎麼問，她都只是淡笑著搖搖頭。

可就在她剛到馬車邊的時候，周圍響起嘈雜的聲音，一堆衣衫襤褸的人衝了出來，險些撞到了她們。

「快，前面就是長安城了！大家快走！」

為首的那幾個人還不時回過頭來，四下叫嚷著。

被青荇護在身後，等那群人走後，陸蒺藜才撥開青荇的胳膊。「這是怎麼了？」

「小姐還不知道，我也是和一些攤販們聊天才曉得，河內發蝗災了，開始有難民逃難過來，也都是些可憐人，誰知道能不能順利進長安城。」青荇感嘆一句。
聽聞此言，陸蒺藜也是瞬間瞪大了眼睛，手指蜷在一處。這件事怎麼也提前了？
「小姐，我們快些上馬車走吧，等會兒這些人聚集在城門口，我們過去也不方便。」青荇小聲建議。
乾澀地吞嚥了一下，陸蒺藜點頭上了馬車。再次路經這群難民時，掀起了車簾的一角去看，都是些面黃肌瘦的可憐人，走沒兩步就得歇好久，隊伍拉了好長，也就是最前面的幾個壯年人看起來有勁些。
放下車簾，陸蒺藜合眼後靠著車廂，抿著唇不再說話。

一路到了將軍府，青荇小心地扶著陸蒺藜下馬車，不敢多言。
知曉她在擔心自己，陸蒺藜剛走進大門，腳步便頓了一下。「青荇，我去寫一封信，妳來幫我研磨吧。」
「是。」
等她主動再次開口，語氣已經平靜了許多，青荇才算是放下心來。一路跟著陸蒺藜去了陸琇的書房，她找來一方硯臺，緩緩磨墨。

陸蒺藜拿來一張信紙，筆尖蘸了墨水，卻停頓了許久不落筆，雙目微垂，不知道是在猶豫什麼。

「小姐？」眼看著墨都磨好了，也不見陸蒺藜寫下一個字，反倒是凝在筆尖的一小顆墨珠掉落下來，暈開了一團黑霧。

猛然回過神來，陸蒺藜先將面前的信紙換了一張，才望向青荇囑咐。「妳先去把管信件來往的小廝叫來吧。」

青荇不知道她到底怎麼了，可這段時間以來，倒也習慣了小姐有秘密的樣子，只好壓著心中的不解轉身出去。

等到房中只有她一人了，陸蒺藜長吁出一口氣，凝神落筆。

「小姐，人帶到了。」

等青荇再回來的時候，陸蒺藜剛好收起筆，抬頭看他們一眼，讓那小廝先等候片刻。陸蒺藜把信裝好，手指在火漆的地方停了片刻，又轉而移向另一邊的漿糊。

「小姐，這封信要是十分重要的話，何不用火漆封好？」看到了她的動作，小廝多嘴提議。

簡單抹了一層漿糊，陸蒺藜貼好後交給他，臉上的笑意淺淡。「能不能送到還不一定呢，就這樣吧。」

「小姐這是何意？小的一定會給小姐送到的啊！」小廝以為陸蒺藜在責備自己，忙不迭下跪說道。

讓青荇扶他起來，陸蒺藜搖頭笑笑。「並不是你的問題，你且照常去送就好。」端詳著陸蒺藜的神色，似乎真的不是在責怪自己，那小廝問清楚地址，這才拿著信走出去。

「青荇，我有些累了。」未等青荇發問，陸蒺藜先苦笑著站起來。「我回房裡睡一會兒，明日之前，妳不要來打擾我了。」

輕咬著下唇，青荇卻沒有像往常一樣聽話地離開。「小姐，妳到底在做什麼事情，妳告訴我，讓奴婢幫妳好不好？」

轉頭看到青荇一臉的焦急和委屈，陸蒺藜低下頭，卻不知道該說些什麼。她何嘗想要一個人來背負這些，可是告訴了青荇，就算她相信，又能幫自己什麼？

「青荇，對不起。」

「小姐……」沒有料到她會道歉，一時間怔住。望著她的目光，青荇突然間意識到，自己無心的一句話可能又戳到了她的痛楚，心中無措又難過。

「妳不用多想，妳能陪在我身邊，就是最大的幫忙了。」強打起一分精神，陸蒺藜捏捏她的臉，如往常地笑著。

再也不敢亂說什麼，青荇只能目送著陸蒺藜離開，留在身後絞緊了帕子。

不久之後，一隻信鴿從將軍府裡飛了出去，揮動著翅膀，本該朝著牠要去的地方而去，可惜還沒有飛出長安城，一顆小石子就飛射過來，直接打中了牠的肩膀。

橫空遭難的飛鴿哀鳴一聲，垂直掉落地面，又被一雙素白的手給撿起來，拿下牠身上綁著的書信後，還不忘把牠交給另一人去治傷。

那人則拿著截來的書信，逕自繞過繁雜的人群，上了三樓。「公子，陸姑娘寄出來一封信。」

烈酒本已灌紅了蘇遇南的雙目，卻在聽到這句話的時候，硬是清冽了許多，他撐著搖晃的身子站起來。「給我。」

拿到那封信，蘇遇南揮手讓人先下去，自己重新坐好，來回翻看了一下有著摺痕的信封。他找來滾水，藉著蒸氣一點點濡開漿糊，小心地將裡面的信紙拿出來，細看內容好幾遍，眉頭卻越皺越深。

這封信好奇怪，收信人奇怪，裡面的內容更奇怪。

重新將信收回信封裡，蘇遇南先將它妥善收好，本打算撐著身子站起來，壓抑的酒氣卻在這一瞬間起來，他頭昏得站不穩，直接軟倒在地。

一聲響動從他的房內傳出來，路過的兩個姑娘聽到，小聲嘀咕幾句。

「公子這是又喝醉了，可要叫他起來？」

「妳莫不是忘了今天是什麼日子，他每到今天都會大醉的，無妨，明日就好了。」

「這倒也是。姊姊，我一直不懂，平日公子喝得再多，也不會輕易就醉，可為何只有今天會任自己大醉一場？」

「我也不太清楚細節，只是聽早就在樓裡的姊姊說，公子之前的夫人是這一天離開的……」

裙角輕翻，兩個姑娘帶著一陣香霧遠去，藏於話語中的嘆息很快被跟客人的笑鬧代替。

而這兩個姑娘的不打擾，也讓蘇遇南第二日一醒來就拍一把自己的額頭，匆忙捏著信就跑。

聽說了那些流民的事情，羅止行正在書房中翻找一些資料，就在此時，蘇遇南從外面撞開了書房的門。

回頭看他一眼，羅止行捂著鼻子後退半步。「蘇公子，你也自詡是個風流人物，怎麼如今這麼形容狼狽，身上還有一股酒味？」

「我這樣還不是因為你？」將書信丟在桌上，蘇遇南毫不客氣地轉身。「這是從小陸兒那裡截來的信件，你自己看吧，我出去收拾一下。」

言畢，蘇遇南直接大剌剌地走出去，找了羅叔帶自己去洗漱。

無奈地搖搖頭，羅止行放下手中的東西，在書桌前坐好。

「別說，你的衣服我穿也是很合適的嘛，就是衣服顏色都太正經了些。」不多時，蘇遇南再度進來，已然是全身煥然一新。但發現羅止行只是坐著，那封信還是原封不動時，他傻了。「你這是幹什麼？」

伸出兩個指頭夾起書信，羅止行看著濡濕的封口。「你打開看過了？」

「是啊，我昨日先打開看過了，本身也是用漿糊黏的嘛，比較容易。」坐在他對面，蘇遇南拿起茶就喝，口中的氣息瞬時清冽許多。

放下信件，羅止行瞇著眼笑。「那你直接告訴我裡面的內容好了。」

「你這是何必？」

微嘆一口氣，羅止行低頭。「這既然是她的信件，攔下來已是不合適，再偷看，未免顯得不尊重。」

「那你還問我內容？」

對著蘇遇南被噎住的表情，羅止行微微一笑。「所以啊，這樣就是你偷看的，是你不尊重我家蒺藜。」

「……無恥。」從牙縫裡逼出一句話，蘇遇南大爺似的後靠在椅背上，甚至蹺起了腿。

額頭上的青筋跳幾下，羅止行移開視線，忍了。

這才滿意地咧著嘴笑，蘇遇南慢吞吞開口。「說來也奇怪，這封信是要送給凌王殿下的，書信裡的內容都是些平常的問候，可是你說，她什麼時候和這位凌王殿下有交集了？」

「凌王？就是那個一出生就被送到封地長大，一年才得以進一次皇宮的凌王殿下？」皺著眉，羅止行坐直身子，也是十分不解。

「正是。」點點頭，蘇遇南感慨一句。「明明是皇后生的嫡子，可是陛下遷怒於他，不顧朝臣的反對，這麼狠心地對待。明明有著最尊貴的身分，卻活成了這副樣子，也不知當初的皇后娘娘知道了，會不會心寒啊？」

這些都是羅止行出生之前的事情了，只聽說皇后本是一直陪伴在程定身邊的，可隨著程定坐上皇位之後，兩人的矛盾與日俱增，時常爭吵。最後皇后竟在快生產的時候想不開要懸梁自盡，雖然被救了下來，卻也自此消沈。

等凌王殿下出生後，皇后更是莫名地在某個晚上撒手人寰，當時程定無情地讓人草草收殮，也將凌王送走。至此以後，皇后之位空懸至今，也不許人提，早先建議另立皇后的大臣都被處罰了，大家才知道這是程定的又一片逆鱗。

可是陸蒺藜到底為何要寄出這樣的一封書信？她跟凌王聯繫又是為了什麼？從回憶中抽離出來，羅止行將那封信拿過來，來回翻動幾下，目光停在了封口處。

「想通了嗎？這封信到底有沒有問題，我要不要再封好寄出去？」伸出手在他臉前揮幾下，蘇遇南問道。

「你說這封信，就是簡單用漿糊黏起來的？」手指無意識地撚動著，羅止行突然眼睛一瞇，站了起來。「不對，她知道了！」

蘇遇南還是一頭霧水，跟著站起來。「什麼知道了，知道啥了？」

「我之後與你細說，我先去找她，你自己回去吧。」語音未落，羅止行就已經走出了書房，匆忙叫來了長均。

一夜未睡，面前的茶早已涼透，陸蒺藜揉捏著眉心，敲打著坐麻了的雙腿。就當她緩過勁來，剛撐著几案站起來的時候，房門被人推開。

羅止行站在門外，胸膛劇烈起伏，似乎是一路跑過來的，後面是一臉驚慌的青荇與茫然無措的長均。

「來了啊，你們先下去吧。」聲音悠悠響起，看著青荇與長均離去，陸蒺藜才重新坐下來，手指著茶壺笑。「可惜了，我倒是備了一壺好茶，以為你昨夜就會來，如今茶涼了，不好喝了。」

喉頭滾動幾下，羅止行在她身側坐好，給自己倒了一杯茶，仰頭喝乾，確實是好茶，即便現在涼到了人心裡，也還是唇齒留香。低頭在手中轉動著杯子，他的聲音卻還是乾澀的，即便剛喝了茶。「妳，都知道了？」

「難道不該是我來問嗎？」勾起嘴角，陸蒺藜也不知道自己是不是在笑。「你知道我的秘密了，是不是？」

深吸一口氣，羅止行抬頭看著陸蒺藜的眼睛，腦海中再次想起那日在寧清觀，那個道長告訴自己的話——

「陸姑娘有著非同常人的命數，她曾經死去，又再一次活過來，上天選中了她來做這把刀，斬斷凡人被神掌控的命運。成功，便是皆大歡喜；不成，便是重複慘劇。」

聽完道長講述陸蔟藜的全部秘密後，他當時是怎樣的狀態呢？茫然、震驚、無措，抑或是心疼、憤怒……

看著陷入良久沈默的他，倒是陸蔟藜先笑了起來。「我真的沒有想到你會知道，並且相信。」

「我本來也是不信的，可在去找道長之前，我心中已經疑惑，從妳我初遇的時候，妳好像就對於一些事情有預知能力。」找回自己的聲音，羅止行嘆口氣說道。

略微愣了愣，陸蔟藜又自嘲般地笑笑。「原來是這樣嗎？」

看著她低垂的眼，羅止行一時間不知道該說些什麼，自那日知道一切後就暗藏在心中的感受頃刻間爆發。他又給自己灌下一杯涼茶，才壓抑住噴發的情緒。

「那你知道後，都做了什麼？」凝視著他的雙眼，陸蔟藜蜷起了手指，此時腦中不斷迴響著汪爍說的朝堂官員的變動，心中已經有了猜測。

嘴角還殘留著茶葉的清香，胃裡卻是一陣寒意，羅止行鬆開手中的杯子，將那封被截的書信拿了出來。「我能做什麼？妳想要做什麼，我就也要做什麼！蔟藜，妳原本的計劃，是想要利用凌王殿下嗎？」

「是。」深吸一口氣，陸蒺藜毫不否認。「我必須要完成一件前世沒有發生的、影響力足夠大的事情，以證明我可以改變命運。朝代更迭正是最好的證明，而且上次軍防圖的事也讓我看清楚了，他程定的天下不久矣。」

她的想法與他算是不謀而合，命運的軌跡中一些細節極有可能被忽視或彌補，改變了沒有絲毫用處，況且那日道長也說過，動盪之際的龍運之勢是很好的助力。

想到了這些，羅止行微微皺起眉毛。「所以妳打算扶持這個被眾多人忽略的凌王殿下，可是蒺藜，他並沒有治國的能力。」

「他確實沒有，自小被散養在外，沒人給他傳授過為帝之道，但我還是可以把他送上那個位置，只需要再給我兩年，我能夠做到的。」語氣加重，陸蒺藜心中清楚，她也不過是在給自己打氣。

看透了她的急切，羅止行伸出手輕輕牽起她的手掌，才發現冰涼得厲害。「我信妳能夠做到，可是這是妳的一廂情願，他自己願意被拉進這個漩渦中心嗎？蒺藜，妳需要的是一個能夠一心一意配合妳、甘願為妳去爭奪皇位的人，他能嗎？」

溫熱的觸感隨著他的手掌傳到了自己的心裡，可在聽懂他這句話的背後之意後，陸蒺藜卻只感覺出寒意，她慌忙抽回自己的手站起來。「不可以！羅止行，這條路太凶險了，我不希望你捲進來！」

「所以妳才一直瞞著我，而我因為知道妳會有這樣的反應，也就沒有告訴妳我已知道一切。」順著話先解釋了之前的誤會，羅止行也站起來，伸手攬著她的胳膊，不使她避開視線。「我都已經安排好了，妳不用擔心。」

「不……不對，止行，這是我的命，是我應該自己承擔的，我不想要你涉入危險中。」搖著頭，陸蒺藜的淚水不知何時湧上了眼眶。萬般不願羅止行踏入危險，可心中那被理解和照顧的酸澀，也不容忽視。

「可妳是我的命。」

清清淡淡的一聲，帶著堅定不移的態度，撞進了陸蒺藜搖搖欲墜的心中，砸出了一片安穩。再也支撐不住，陸蒺藜腳下一軟，倒進了他的懷中，淚水肆意地流下來。

輕拍著她的後背，羅止行又何嘗不是壓抑著滿腔的嘆息，可是心中更多的，卻是慶幸，慶幸他們最終還是得以遇見，所有的故事，還沒有到終局。

「你知道嗎？我以為我真的能夠改變一切，我一個人也可以走下去。」手指攥著他的衣角，陸蒺藜低聲開口。「可我此前從沒有做過這些，我只會玩鬧，很多事情我都做不好……」

安靜地聽著她說，羅止行在心中淺笑。「妳已經做得很好了。」

「我一直努力堅持著，但我也不過只是個普通人，很多時候都想要有人幫幫我。心裡很矛盾，既想瞞著不告訴你，讓你避開這些危險的事情，可私心裡又想讓你知道一切，這樣你就可以幫著我一起走下去。原本我都不相信任何人了，偏偏你闖了進來，我就只想讓你知道我的委屈，就像是小時候摔痛了，就想要爹爹心疼……」

壓抑在心中的情緒全部宣洩而出，說到最後，陸蒺藜已經是泣不成聲，身體也是一抽一抽的。

沒有料到她會變成這個樣子，羅止行好笑之餘，又是滿腔的心疼，拿出帕子擦著她臉上的淚水。「我都知道，我家嬌生慣養的小姑娘努力撐到現在，辛苦妳了。」

此前所有的憤懣難過，在他的這一句理解中，都被輕柔地揭了過去。瞪大了眼睛，陸蒺藜想要看清楚被淚水遮住的羅止行。「你當真想好了要幫我？」

「想好了。我也不單單是在幫妳，倘若我們凡人的命運真的是那些神仙定好的，我也必然要跟祂們相爭一二！」抹去她臉上的最後一絲淚意，羅止行言語中多了一分認真。「所以妳知道的任何事，都要告訴我。」

吸吸鼻子，收拾好了情緒，陸蒺藜掙開他，坐下來喝水。「就算我現在不答應，你也會用自己的方式去做，對吧？」

摸摸自己的鼻子，羅止行沒有反駁，但從進門來懸到現在的心總算是完全放了下來。「是。」

「寧思遠本該是下一個朝代的皇帝，你也知道？」

緩緩點頭，羅止行垂下視線。「早就猜到了，他的心思在我面前倒是隱瞞不了，我還去查了他的身世，寧思遠是個很好的合作對象，我已然與他談過了。」

險些被一口茶水嗆住，陸蒺藜憋悶地看著他。「你還真是……做的準備不少啊。那你現在是怎麼想的？」

「先幫寧思遠奪得皇帝的信任吧，我不稀罕皇帝的位置，所以皇位最後一定還是寧思遠來坐的。」羅止行也不加掩飾，直白說出了自己的打算。

對視一眼，陸蒺藜明白了他的想法，不由莞爾一笑。「那可不一定，那般誘人的皇位，也許你坐上去就稀罕了。」

淡淡笑著，羅止行也不多辯駁。

「不逗你了，要是想幫寧思遠更進一步的話，有一個人就必須要動。」端坐起來，陸蒺藜正了正神色。

「林丞相。」

一個名字在他們倆口中同時響了起來，羅止行面色同樣凝重。

「妳想做什麼？」

臉上笑意濃了幾分，陸蒺藜手指無意識地擺弄幾下。「昨日京城來了一批流民，大多是河內發生蝗災而逃過來的，雖然這是天災，但之所以釀成這麼嚴重的災情，背後原因也跟數年來的人禍有關。這件事前世發生過，但奇怪的是，它提前了，所以也許我們的方向是正確的。」

細細想了她說的話，又聯想到汪爍在幫陸蒺藜做的事情，羅止行乍然明白了。「這個時候若從丞相那裡查出有河內官員送禮的話，是個很好的打擊。」

「不僅僅是簡單的送禮，還得是貢品。」狡黠一笑，眼睛瞇起來的陸蒺藜，宛如一隻得意的小狐狸。「林儷有一個寶貝，前一世我羨慕了很久，後來我才知道那寶貝的來歷有點問題。之前我力求穩，不敢擅動，只能讓汪爍先去探查證據，如今有你幫忙，我有個計劃。」

不自覺地添了些寵溺的笑，羅止行揉揉她的頭，湊上前聽她細言。

「你們國公到底是怎麼了？小姐今天也很奇怪，到底發生什麼事情了？」陸蒺藜的房外，青荇則是糾纏著長均追問，她剛才隱約看到了小姐憔悴的樣子，心中可是焦急萬分。

長均揉著被她繞暈的腦袋，無奈地搖頭。「不是與妳說過了，我不知道！」

「那你不是耳力極好？你去聽他們講話啊！」青荇是真的急了，沒有過腦子就蹦出這麼一句話。

「我才不去，上次爺警告我之後，羅叔也提醒過我了，我那些本事不是用在爺身上的，再說了，他們也不想讓咱們知道他們在談什麼事。」長均搖著頭拒絕。

此時也回過神來的青荇，只好嘆氣低頭。「你說得對，是我剛才太著急了。」

「不用擔心，不會有事的。」正說著，他們身後的門被打開，長均得意地衝青荇挑了一下眉毛，才笑著轉身。「爺、陸姑娘，你們聊完了？」

「嗯。」衝他們點一下頭，羅止行揉揉陸蒺藜的頭髮。「那我先走了。」

此時腫著一雙眼睛，又加上一夜未睡的黑眼圈，陸蒺藜在接觸到外面陽光的瞬間瞇起了眼睛。可她縱然看起來臉色再憔悴，嘴角的笑意卻是比剛才真心了不少。「好，你先去忙吧。我休息片刻，就也去做準備了。」

長臂一伸，羅止行再次把她輕擁在懷中，一邊拍著她的後背，一邊用如同哄孩子一樣的語氣在她耳邊低喃。「如今什麼都說好了，妳就不能再對我有所隱瞞，我不能再看著妳出任何事了。」

陸蒺藜無聲地彎彎嘴角，在他懷中乖巧點頭。

這才算是放下心來，羅止行心疼她如今憔悴的樣子，忙催她快進去小憩。臨走時還不忘安撫青荇，讓青荇給她再準備些溫粥，安排好了一切，才帶著長均離開。

第十五章

剛從國公府回到金風樓，蘇遇南屁股都還沒有坐穩，就聽到姑娘說羅止行來了，不免有些氣急敗壞。

「你剛趕我走，又著急地來找我，你是有什麼毛病嗎？」當羅止行走進雅間，蘇遇南忍不住抱怨。

「……」轉身讓長均先離開，羅止行解釋。「剛才匆忙離開是有要緊事，如今來找你，也是因為要緊事。」

「我可真沒看出來，我們國公大人這麼忙。」瞪他一眼，蘇遇南顯然是還沒有消氣。「除非你告訴我，你和陸蒺藜之間到底都在打什麼啞謎！」

微微垂下眼瞼，羅止行搖頭。「沒什麼啞謎，倒是你安排在她身邊的眼線，可以都收回來了。」

「難不成是她發現了，然後利用這封奇怪的信來告訴你？你們這交流方式還真是閒的。」撐著下巴，蘇遇南的語氣盡顯嫌棄。

忍了他的調侃，羅止行神情嚴肅了些。「對了，南婕妤和你，到底算是什麼情況？」

「幹麼突然問這個？」猛然移開了視線，蘇遇南表情有些不自然。意識到他的不對勁，羅止行沈思片刻，帶著不確定開口。「覬覦皇帝妃子，到底不是好事，你們當真是這樣的關係？」

「什麼叫我覬覦皇帝妃子！」如同被踩了痛處，蘇遇南誇張地跳起來。「她就是之前偶然和我有過一些交集，我能讓她幫一些忙罷了，但是上次為了陸蒺藜的事情，我和她就算是兩清了。」

凝視著他的神色，羅止行心知絕對不是這麼簡單。但他也了解蘇遇南，就算他看起來再放蕩不羈，內心深處一樣有著自己的隱秘之事，若是他不願意說，他也無意戳朋友痛處。

可問題是現在有件事，還是由南婕妤去做最合適。心中略有些歉意，羅止行開口問道：「那若是還有一件事想要她幫忙呢？」

「……國公大人，你可著一隻雞拔毛，是不是有些過分了？」

「蘇公子也不必和雞相比嘛，自賤了不是？」

「我可去你的吧！」毫不客氣地拍他一把，蘇遇南咬著牙開口。「你又不是沒辦法給宮裡傳話，你自己去找她啊！」

長嘆一口氣，羅止行嘴角一沈，萬分的惋惜和惆悵。「你又不是不知，我母親當年在宮中來往親密的人都是些什麼下場，如今我雖說能找人在宮中傳些話，但要讓南婕妤答應幫忙，也是很困難的啊！」

說到難處，羅止行抬眼看他一下，又是長吁一聲，半舉起酒杯。「當然了，我也不能讓你一直幫我，若是你也有難處，便算了吧。」

「……我到底當初是怎麼瞎的眼，覺得你是個正人君子。」手指被扳得作響，許久之後，蘇遇南認命般的起身。「你想讓她做什麼，我來寫紙條，你想法子遞進去。」

「多謝蘇公子！正巧我府上多了個極會釀酒的師傅，過幾日給你送來好酒啊。」立馬變了臉色，羅止行笑道。

「你現在厚顏無恥的樣子可真是像極了陸蒺藜！」搖著頭，蘇遇南走到自己的桌邊，舔舔毛筆尖，動筆寫紙條。

三日之後，這張紙條，落在了正在御花園中曬太陽的南婕妤眼前。她懶洋洋靠在亭子裡，撒完手中餵鳥的最後一把稻穀，一個前來送糕點的老嬤嬤打翻了盤子。

「娘娘恕罪，都是奴婢的錯，奴婢這就重新端一盤過來！」老嬤嬤像是被嚇到了，臉色蒼白地跪到了南婕妤的跟前。

低頭漫不經心地瞅了一眼，也都不是自己愛吃的，南婕妤本想裝模作樣地訓斥幾句就放了她，可在看到她眼睛的瞬間，動作頓了頓，語氣嚴厲地責備。「哪有妳這樣做事的，還不快把這裡收拾乾淨了，擾了我的興致！」

「娘娘別動氣，奴婢親自去幫妳端一盤糕點來。」貼身宮女采菊見狀也忙安撫。

可南婕妤像是真的很生氣一樣，伸手一拍桌子。「我讓妳們幫忙了嗎？就讓她來撿，若是地上還殘留著一點殘渣，就去跪一個時辰！妳們都離開，不准靠近！」

唯唯諾諾地點著頭，那老嬤嬤慌忙加快手下的動作。

不知道南婕妤為何突然發這麼大的脾氣，周圍的宮女亦是有些害怕，猶豫片刻後，躲到了亭子外面。

「不是讓妳們都走開嗎？還站這麼近，看著礙眼！」猶嫌不夠，南婕妤又朝她們怒喝一句，等宮女們退到了不會聽到她說話的地方，她才低眉看向老嬤嬤。「妳是？」

手下動作不停，在別人眼中，老嬤嬤還在忙亂地收拾。「回娘娘，老奴確實是來傳消息的，這裡有張紙條。」

垂下來的手指微曲，南婕妤迅速收在自己手中掃了一眼，怔了片刻後淺笑。「我還以為他再也不會和我聯繫了。老嬤嬤，妳是國公大人的人吧？」

「娘娘猜得不錯，老奴曾經服侍過公主，如今在宮裡沒別的用處，也就是能幫國公大人傳個信。」老嬤嬤基本收拾好了地上的殘局，溫笑著回話。

了然地點頭，南婕妤將那紙條扔回到地上。「我會安排的，就是可能得委屈嬤嬤。」

「都是奴婢應該的，娘娘不必掛懷。」立馬把紙條撿起來嚥下，老嬤嬤垂頭道。

見她這樣，南婕妤也不再猶豫，立馬拍案而起，厲聲怒罵。「連這些小事都做不好，擾了我的興致，妳在這裡跪夠一個時辰再離開！」

她的聲音此時也傳到了宮女們耳中，互相對視幾眼，忙由采菊領著到南婕妤面前。

「娘娘，那我們現在……」

「回宮去！」板著臉，南婕妤似乎還在氣憤中，昂著下巴快走。

剛回到了凝霜殿，遣走了別的宮女們，采菊就急不可待地走近南婕妤，低聲勸道：

「娘娘，您難不成忘了奴婢的提醒，今日當著那麼多人的面，您為何突然大發脾氣？一定會傳到別人耳中，甚至是陛下耳中的！」

「要的就是讓他們知道。」小聲嘀咕一句，南婕妤走到自己的衣櫃前，拉開櫃子露出滿滿的衣服，金絲銀線、錦緞刺繡，樣式繁多。冷笑一聲，她隨手拿出一件。「采菊，妳說我現在可不就是個以色侍人的玩物嗎？之前還不願意穿這些衣服，倒是我不知好歹了。」

輕咬著嘴唇，采菊下意識地想要否認，話到嘴邊又收了回去，娘娘看得比誰都清楚，又哪裡是她能勸得了的。

「罷了，就這件了，妳幫我穿上吧。等會兒妳去交代下面的人，今天的晚膳遲一點上。」將那華麗的衣服遞給采菊，南婕妤在鏡子前張開了雙臂。

采菊的猜測倒是沒錯，今日南婕妤在御花園發脾氣的事情，很快傳到了程定的耳中。彼時的他，正對著一堆奏摺不耐煩。

「就是因為那個老嬤嬤打翻了糕點，娘娘就罰她了，本來也不是什麼大事，但那嬤嬤畢竟是之前跟過公……是宮裡的老人了，一時間引起一些非議。」彎著腰，李公公一五一十說完發生的事情。

程定聞言卻是涼薄一笑。「朕的愛妃，想處罰誰就處罰誰，那老奴跟過那個女人又怎樣？」

自己的妹妹，如今只用「那個女人」來稱呼，李公公低著頭，不敢說話。

「不過倒是從未見過南婕妤這樣跟人動氣，朕也好久沒有去看她了，可惜現在流民和蝗災的事還沒處理好，朕也只能冷落她了。」程定轉頭看向一邊的奏摺，若有所指地開口。

話都說到這個分兒上，不就是需要一個臺階下嗎？李公公適時笑著開口。「陛下已然勞累多日，民間情況好轉了許多。再說了，還有寧大人在忙呢，不如就去看看婕妤娘娘。」

「這麼說也是，寧思遠倒從未讓朕失望過。」站起來後，程定眼角含笑，卻還恍若是不情願一樣。「那便休息片刻，去看看南婕妤吧。」

環珮輕響，香爐裡升起的煙纏著帷幔往上，殿裡隱約坐著個垂首美人，瑩白的指尖擺弄著衣服上點綴的珍珠。

看到這一幕的瞬間，程定心裡就像是被小貓撓了一把，心癢至極地上前。「愛妃，朕來看妳了。」

在聽到他聲音的瞬間，南婕妤換上柔婉可憐的笑意，萬分驚喜地回頭道：「陛下怎麼突然來了？妾身參見陛下。」

「愛妃快起。」伸手將她扶了起來，程定就順勢將她攬在了懷裡，沒有再鬆開。

「愛妃可用過晚膳了？」

話音才剛落，南婕妤還沒有來得及答話，就看到幾個端著膳食的宮女們進來。采菊心領神會，上前對著程定一拜。「陛下許久不來，娘娘一人也吃不下去，晚膳這才拖到現在，都是奴婢沒有照顧好娘娘，陛下恕罪。」

「愛妃竟然還沒有吃，都是朕不好。」擺手讓宮人們都退下，程定心情越發好了一些，親自扶著南婕妤坐下。「這幾日忙於政事，冷落了愛妃，朕陪妳一起吃。」

臉上立馬閃過欣喜，卻又很快消散，南婕妤咬著自己的下唇，似乎很是歉疚。「妾身知道，陛下如今百忙中，是妾身今日胡鬧了。」

「妳說的是訓斥宮人的事情？那算得上什麼。」程定搖頭，笑著摸她的手。「妳是朕的愛妃，妳想做什麼都是應該的。」

這才高興起來，南婕妤拿著筷子，親暱地幫程定布菜。「雖然知道陛下這幾日很忙，但是妾身也時常想著要是陛下能偶爾來一次多好，所以我準備的菜都是陛下喜歡的，您嚐嚐這塊魚，還有這塊佛手酥。」

美人刻意的溫柔體貼，無疑讓程定更為舒心，對於南婕妤的心疼也更加真心了起來。「朕記得，妳的生辰快要到了吧？妳可有什麼想要的，說出來，朕都答應妳。」

「妾身沒什麼奢求，就希望陛下萬事順遂，福壽安康。」臉上的笑恰到好處，說的話也是分外真誠，南婕妤笑著又將一碗湯給他遞了過去。

程定越發覺得她可心，伸手摸著她的臉頰。「朕也清楚，旁的妃子們大多希望家人能入宮見上一面，可是妳的家人都不在，也沒有辦法了。或者說妳有沒有什麼想見的友人，朕為妳尋來。」

程定說到家人的時候，南婕妤的臉色僵了一瞬，又很快低頭苦笑。「陛下說得是，妾身福薄，自然沒有親緣，可若是友人的話，不如請陸姑娘來吧。」

心疼南婕妤，程定本來想好了，她說什麼自己都會答應，卻還是在聽到這個名字之後猶豫了一下。「陸蒺藜？」

「是啊，妾身覺得她好玩有趣，興許能帶來些樂子。」南婕妤笑著說道，目光觸到程定目光的時候，又小心的瑟縮了一下。「莫非妾身這個要求不合適？那要不還是算了。」

忙緩和了神色，程定揉捏著她嬌弱的手心。「並不是不合適，只是單獨召見將軍之女，那些閒得沒事的朝臣們難免東想西想的，不如讓京城貴女們都來，愛妃辦個小宴會，好好過一次生辰。」

「真的嗎？多謝陛下！」臉上笑意燦爛，南婕妤放下筷子跪在一邊道謝，這次倒是真心實意的高興，要的就是程定主動這麼說。

只當是哄了愛妃開心，程定一把將她攬了起來，又刻意地做了許多親密的事情，可惜到底還有一堆奏摺沒有處理完，總是沒能盡興。好在這次南婕妤也是柔順，說了好多討好的話，才哄得他笑著離去。

等程定離開了，南婕妤才喚采菊回到殿中，一屁股坐在桌邊，總算能舒心地吃些東西了。

狠狠咬一口雞腿，她含混不清地開口。「采菊，去將窗戶都打開，散散這些討厭的味道。」

「哎呀我的娘娘，這種話可不能再說了！」低聲抱怨一句，采菊依言去把窗戶都打開，又熄了娘娘不喜歡的熏香，才擔憂地走過來。「娘娘，您和陛下都說了什麼啊？」

津津有味地咂吧幾下雞骨頭，南婕妤擦拭著自己手上的油。「沒什麼啊，不是快到我生辰了嗎？陛下許我自己辦個小宴會過生辰呢。」

「真的嗎？陛下對娘娘可真是太好了，這樣的榮寵又有幾人？」采菊最是高興，撫掌說道。

心底冷笑兩聲，南婕妤重新往嘴裡扒拉幾口飯。「嗯，妳去準備擬帖子，明日就給各府小姐們送過去吧。」

采菊不疑有他，笑著點頭去忙活了，只留下南婕妤對著滿桌的佳餚大快朵頤，恍若沒有絲毫心事。

宮裡人傳信到底是迅速，第二日剛吃完早飯，陸蒺藜就收到了自己的那份帖子，仔細看了一眼，轉頭交給了青荇。

「小姐，娘娘要過生辰啊！」青荇好奇地看了一眼，驚訝地說道。「那我們可得好好準備生辰賀禮。」

摸著下巴，陸蒺藜瞇起眼笑。「是啊，可得好好準備賀禮。青荇，我不是讓妳去打聽林儷的行蹤嗎？可有消息了？」

點點頭，青荇一五一十地回話。「是，林姑娘昨日還去赴了一場詩會，今日早上好像要去一家畫坊。」

「這可不是趕巧了，我們也準備出門吧。」聞言挑眉，陸蒺藜回屋拿起一件外袍，便準備出門去。

青荇不解地跟上她的步子。「小姐，我們去做什麼啊？」

「去給南婕好準備賀禮啊。」陸蒺藜回頭，笑得萬分狡黠。

與約好的姊妹們一起到了畫坊，林儷卻有些漫不經心，時不時望著自己的扇墜，也不知在想些什麼。

「姊姊，我們與妳說話，妳怎麼都不理人啊？」

耳邊突然傳來一聲嬌嗔，茫然的轉頭，才看到挽著自己的祝姑娘，林儷淡然笑笑。

「是我想著別的事情呢，沒有聽到妳們在講話。」

目光順著看到了她手裡把玩著的扇墜，祝姑娘心下了然，笑著幫她轉移話題。「我看啊，就是姊姊現在捨不得了，明明昨日詩會說好的，妳奪了魁首，要給我們一人送一幅好畫，可不能耍賴！」

「是啊，妳可不能裝聽不見，我們也是不依的。」

林儷也被逗笑了，說道：「別聽她瞎說，她就知道唬人。答應了大家，我就不會食言，大家儘管挑就是了。」

「幾位小姐，小店二樓還有很多字畫，不如去看看？」畫坊老闆見狀，笑著介紹。幾人也沒客氣，相攜上樓，祝姑娘故意拉著林儷走慢些，落在了最後面。「姊姊，妳是不是還在為了寧大人失神？」

「唉……」低嘆一聲，林儷下意識地摩挲扇墜。「我也不打算瞞妹妹，直到如今，寧大人還不曾與我表白過心跡，我本想著自己與他心性相投，總會等到，可偶然聽到丫鬟碎語，說爹爹近來正想著要給我議親呢。」

掩唇按下自己的驚呼，祝姑娘低聲道：「這可如何是好？寧大人是不可多得的良人，可不能放過了。」

「我何嘗不知，可這件事，總沒有我開口的道理！」語氣略有些埋怨，林儷低頭道。

祝姑娘卻搖搖頭，似乎並不同意。「這可不一定，寧大人定是喜歡姊姊的，只是因為忙於職務，又加上被那陸蒺藜傷過，才沒有娶親的心思，姊姊主動些未嘗不可。而且現在可是丞相大人想給姊姊議親，萬一人選不是寧大人，可就回不了頭了。」

手下緊緊絞著帕子，林儷嘴唇緊抿，內心卻已經動搖。

本還要再勸，祝姑娘轉頭就看到了陸蒺藜走進來，立馬皺起眉頭，想拉著林儷就走。

「青荇啊，妳猜我想送什麼禮物給娘娘？」剛一踏進畫坊，陸蒺藜就笑著問青荇，聲音比平時還要大些，就像是要故意說給別人聽一樣。

奇怪地四處看了看，青荇有些莫名其妙。「嗯……小姐都走到這裡來了，應當是想給娘娘送書畫吧？」

「書畫有什麼意思，娘娘才不喜歡書畫呢。」餘光瞥到了樓上有兩個身影快速躲到了柱子後面，陸蒺藜又走近了一些，欣賞著面前的畫卷。「我在娘娘那裡待過兩日，其實娘娘最喜歡的是繡品。」

青荇更是一頭霧水了。「既然喜歡繡品，那小姐來這裡做什麼？」

「妳傻啊？我們府上沒有珍貴的繡品，但是止行他有啊，我買畫是為了討好他換繡品的。」又轉向另一幅畫，陸蒺藜笑嘻嘻的說：「妳想想，若是能討好到娘娘，我請她為我的婚事向陛下進言，不就是事半功倍嘛！」

單純的青荇這下倒是真的高興起來。「那可就太好了，小姐的婚事幾經波折，若是這次娘娘能幫忙，一定會有好結果的！」

樂呵呵地點頭，陸蒺藜隨手指向面前的山水畫。「就把這幅給我包起來吧。」

一直跟著她們的店小二笑著捧畫離去，陸蒺藜又神秘地將青荇拉近，刻意透露道：「止行手裡的那幅繡品據說是當年公主留下的珍品，萬分珍貴，娘娘一定會喜歡。除非有人拿出更難得的繡品，不然啊，娘娘生辰必數我的賀禮最出色！」

「陸姑娘，您的東西包好了。」

剛說完沒多久，那店小二就抱著一個長盒過來，交給陸蒺藜。

「麻煩與小的過來結一下帳。」

伸手將長盒接了過來，陸蒺藜衝青荇使眼色，讓她跟著那小二去付錢，眼尾又朝樓上瞥了一眼，臉上笑意更甚。

「姊姊，剛才陸蒺藜說的話妳可聽到了？」樓下的人一走，祝姑娘就迫不及待地看向林儷。

眼睛眨動幾下，林儷點點頭，心緒浮動。

祝姑娘更是連笑容都藏不住了，悄聲附耳道：「姊姊，陸蒺藜說得沒錯，這可是個絕佳的機會啊！我知道姊姊也有收藏一幅十分精美的繡品，何不送給婕妤娘娘當賀禮？」

「妳們在聊什麼呢？畫都要挑沒了！」

沒等林儷有所表示，前面傳來別人的叫喊，催著她們趕上。

忙拉上林儷的手，祝姑娘最後勸了一句。「總之是個難得的機會，姊姊何妨一試？為了自己的終身幸福，就大膽一次，別便宜了那陸蒺藜又出風頭，姊姊自己再想想吧。」

說完之後，便不敢再耽擱，與林儷一同上前，隨意搪塞了另外幾人的問話，只是之後林儷則越發沈默了，時不時望著扇墜出神。

哼著小調，陸蒺藜背著手到了國公府，心情似乎是格外好。如今她進出倒也沒人阻攔，直接跟著小廝去了羅止行的書房。

「主子，陸姑娘到了。」

手下的筆一停，羅止行抬眸便笑，先讓小廝帶著青荇退下，才笑著拉她坐下，好奇的目光看向那長盒。「妳這是什麼？」

「送你當謝禮的，順便再換個什麼繡品。」撐著下巴，陸蒺藜望著他洋洋得意的笑。

轉念一想，羅止行就大概猜出是怎麼回事了。「妳這是每拿我撒一次謊，就得來圓一次謊啊？」

「作戲作全套嘛！」晃著腳尖，陸蓁藜看著他笑。

無奈地摸一把她的頭，羅止行低眉淺笑。「賀禮幫妳準備好了，等會兒讓羅叔拿給妳就好。」其實準確來說，那是蘇遇南借她的手想要送給南婕妤的東西，只是不確定陸蓁藜是否知道他們倆的內情，羅止行便也沒有細說。

陸蓁藜倒是不疑有他，點頭應下後就探頭去看他剛才寫的字。羅止行字如其人，筆畫之間都透著一股矜貴的感覺。陸蓁藜看得心癢，拿起筆跟在下面臨摹，偏要在每一個字下面加上自己的狗爬體，才算是滿意。

「妳確定林儷會按照妳的預想，將那一幅河內的刺繡貢品拿出來？」羅止行任由著她胡鬧，甚至過來將一杯茶放在她面前，還為她磨起了墨。

看著自己的傑作，陸蓁藜笑得極為滿意，放下筆後隨口回他。「那當然了，她爹做的那些事情，她可都不知道，本身也沒有那麼防備。況且攻心為上，我今天那幾句話足夠讓她動心思了，再者你要對寧大人的魅力有信心嘛……哎呀！」

沒好氣地收回彈她額頭的手，羅止行含笑瞪她。「他有什麼魅力啊？」

「那魅力自然還是沒有我們國公大人大的！」立馬表明了自己的立場，陸蓁藜皺著鼻子笑。

無奈地搖搖頭，羅止行出去讓羅叔將準備好的東西拿來交給她，又與她寒暄了幾句，才牽著陸蒺藜的手將她送到門口，一陣寒風吹來，羅止行幫她緊了緊衣領。

「我知道，這次妳費心籌謀，也是為了讓我避開這件事。」

「你前幾日剛給皇帝陛下添堵，這次就別冒頭了吧！再說了，陛下本就疑心重，這件事做成全然是意外的樣子就好，讓他自己發現，反而利於行事。」陸蒺藜知道他的意思，這次全程沒有讓羅止行明著出面，都是為了讓他避避風頭。

總是對陸蒺藜的關心很受用，羅止行自然也沒有告訴她自己上次跟程定說過的話。

「嗯，我家蒺藜說的都對，好了，快回去吧。」

「誰是你家的啊，還用那套哄小孩的口吻哄我。」笑著白他一眼，陸蒺藜將賀禮交給青荇收好，自己上了馬車。掀開馬車簾，陸蒺藜笑嘻嘻地望向他。「今日國公大人寫的字極好，你可一定要收好，最好裝裱起來呀！」

想到了她那狗爪子爬過一樣的字，羅止行抿嘴忍笑。「在下也是這樣想的，最好是裱起來掛在正廳，讓來往的人都看看，什麼叫良莠不齊。陸姑娘的字那樣厲害，可謂是頂風臭十里，必然得讓人們都欣賞一二。」

「……青苻，走了！」臉色立馬一變，陸蒺藜放下馬車車簾，高聲喊道。

青苻捂嘴偷笑，衝羅止行福一福身子，趕忙上了馬車，直到馬車都出去了幾步，才聽到身後羅止行憋不住的爽朗笑聲。

從這日回來後，陸蒺藜沒有再出門了，只是每日早上會在書房裡待上好幾個時辰。青苻時常好奇她到底在做什麼，瞅準了時機溜進去打掃，才發現除了一堆揉成團的紙，再也沒有別的好玩的。

拆開一張紙仔細看，才知道陸蒺藜這段時間竟然都在練字，惹得青苻心中一陣好笑。

就這麼轉了性逼自己練了幾天字，南婕妤的生辰終於要到了。這一日老老實實地讓青苻給自己好一陣梳妝打扮，陸蒺藜看著自己頭上逐漸沈重的髮飾，本就沒吃飯的肚子更餓了幾分。

「青苻啊，我真的不能吃一點東西再去嗎？南婕妤又不是沒有見過我。」

毫不手軟地找準空隙又插了一根芙蓉簪，青苻看著鏡子裡的小姐回話。「不行，小姐今日一定得按規矩來，這次的宴會是在宮中，眾多官家小姐們都在，咱們可不能丟了將軍府的面子！」

回頭捏一把她臉邊的軟肉，陸蒺藜不再多言，轉眸看著鏡中的自己出神。略施薄粉，淡掃蛾眉，唇上的一抹紅色剛好勾出個笑意，就這麼不說話，沒人會質疑她大家閨秀的身分。

「差不多也到時辰了，我在馬車上備了一些不會留味道，又方便入口的小食，小姐待會兒略微墊一墊肚子吧。」青荇滿意地看著自己一早上的傑作，去將最後一件外袍拿來。

所謂沒有味道的吃食，都是些寡淡至極的東西。陸蒺藜哭喪著臉，認命地起身穿上這最後一件外衣，衣襬搖曳拖地，恍若是一朵正好盛開的花。

打開門的瞬間，陸蒺藜臉上那些女兒家的小情緒已然消失，端著莊重優雅的淡笑，微仰著下巴，她由青荇扶著上了馬車，前往宮中。

「大將軍陸琇之女，陸蒺藜入殿進見！」

伴隨著小太監一聲尖利的嗓音，陸蒺藜雙手收於腹前，步伐緩慢，規規矩矩地進了凝霜殿。

「民女陸蒺藜拜見娘娘，祝娘娘生辰安康，福壽綿延。」

「起來吧，采菊，給陸姑娘賜座。」倒也沒見過她這樣規矩的樣子，心中好笑之餘，竟還多了些同病相憐的感覺。南婕妤眼中含笑，遠遠朝她頷首致意。

先一步進來坐好的林儷，自然是將這些都看在了眼裡，斂著眉梢攥了攥手中的帕子。看來上次陸蒺藜入宮，真的備受娘娘青睞。這幾日她也暗中打聽了，陸蒺藜之前受傷似乎也是為了保護娘娘，不過因為事件涉及宮中娘娘，才沒有大為流傳。

那是不是說，陸蒺藜說娘娘喜歡繡品也是真的了？偷偷抬眼看一下那高位上的美貌女子，林儷的眼中閃過一絲不易察覺的希冀。

參與宮中的宴席，大家到底都拘束了許多，各自在自己的位子上不敢攀談，等小太監念著名單讓每一個人都上前見了禮，半個時辰就快過去了。

等大家全部入內坐好，南婕妤淡笑著開口。「今日本宮生辰，請諸位小姐過來，也不過是想同大家聊天解悶，大可不必這樣拘禮。」

「多謝娘娘。」所有人行禮道。

抬手讓她們都坐好，南婕妤朝采菊使個眼色。領命點頭，采菊轉身出去，不一會兒帶著一眾宮女進來，一人手中端著一盤佳餚，依次放在人們的案桌上。跟在最後面的是一批舞娘，隨著絲竹聲翩翩起舞，離座席剛好隔著一段距離，既不會擾了眾人說話，又能讓所有人看清楚。

這般場合本就不是隨意吃的時候，動了幾下筷子，南婕妤就擔起一個妃子該有的氣度，同各家小姐們微笑聊天，彰顯著皇家恩情，同時也好幾次和陸蒺藜打趣。

頂著周遭官家小姐們或不屑或豔羨的目光，陸蒺藜心中再清楚不過，南婕妤就是不想讓自己好好做個閒人，也只好端著架子一起閒聊。

又一曲舞畢，采菊示意讓她們先停下，才笑著問向南婕妤。「娘娘，眾位小姐們也都聊累了，不如看看大家給娘娘送來的賀禮？」

「瞧我，只顧拉著妳們說話，都累了吧？既然如此，就一一呈上來吧。」南婕妤淡笑著點頭。

剛剛強打著精神的陸蒺藜，此時卻低頭，心也逐漸跳快了一些。大戲要開唱了，林儷，妳可莫讓我失望才是。

與此同時，重英殿裡，寧思遠正低著頭，等程定看他這幾日處理蝗災和流民問題的奏摺，想起昨日羅止行輾轉送來的密函，寧思遠眼神暗了暗。

「不錯，短短幾日，開倉賑糧又收置流民，你都辦得不錯，不過這些只能解決一時的問題，後續還是得再想辦法。」看完了所有內容，程定笑著稱讚他，似乎心情很好。

寧思遠低著頭，恭敬地回道：「多謝陛下謬讚，這些也都多虧了京城中不少官員的幫忙，莫說別的，捐錢出力的就有很多，單單荊國公府就出資了不少，後續的問題，微臣也會繼續想辦法處理。」

「呵，他現在倒是會收買人心。」沒頭沒尾地小聲說了這一句，程定又看向寧思遠吩咐。「要謹防流民暴動，不管是逃難至各地的，還是留在當地的，必要時就派更多的兵力去鎮壓。」

「是。」心中冷笑一聲，寧思遠臉上更加恭敬地應道。

滿意地點頭，程定語氣也溫和了不少。「朕早就知道你是有本事的，好好做，等這些事情都解決了，朕定當好好褒獎你。」

「為陛下解憂是微臣分內之事，不敢貪功。」惶恐地低著頭，寧思遠說道。「不過在賑災的過程中，微臣發現了一些不對勁的地方。按理說，這次的蝗災程度不該導致這樣大的影響，當地的州府似乎早就和京中的一些大人有聯繫，可是災情傳達卻延遲上報。」

目光微沈，程定不當一回事地隨口回道：「是嗎？」

「也都只是微臣的一些猜想，並沒實證，是微臣有罪，不應該這樣草率地告訴陛下。」寧思遠倒也沒有再糾纏，彎腰賠禮後又轉了話題。「今日微臣進宮的時候，隱約聽到了宮中的絲竹聲，想來是南婕妤的生辰宴吧，微臣恭祝娘娘福澤綿延。」

他這見好就收的態度倒難得順眼，不似那些不知好歹的老臣。程定心情略有好轉，笑著點頭。「正是，南婕妤陪在朕身邊多年，她的生辰難得熱鬧一次。」

「陛下與娘娘真是恩愛，讓臣也不禁憶起早逝的爹娘，每當母親過生辰的時候，爹爹總會抽出時間去陪她。」感慨一句，寧思遠又突然發現自己失言，忙拜道：「臣有感而發，並非故意冒犯，請陛下降罪。」

程定大笑著讓他起身。「這有何該降罪的，寧愛卿快起吧。」

「多謝陛下。倘若陛下沒有別的吩咐，那微臣就先告退了。」寧思遠倒沒起身，反而越發彎著腰回道。

「退下吧。」程定自然也不再留他，揮手讓他退離。

拜別後，寧思遠躬身出來，在小太監的領路下直走到宮門前，才回頭遠遠朝著後宮的方向看了一眼，眉頭緊皺，一時想不清楚羅止行的安排是什麼。

對於丞相貪污之事，明明程定是心照不宣的，今日羅止行特意要他再次提起，莫非是羅止行要對林丞相下手了？還要他想辦法讓程定前往南婕妤的生辰宴，難道他們在那裡設了局？可現在在那裡的，不是陸蒺藜嗎？

「寧大人是有什麼事情嗎？」領路的小太監此時才發現寧思遠沒有跟上，上前問道。

笑著搖頭，寧思遠重新邁動步子。「無妨，是我想事情一時失神，公公請。」

此時的重英殿，寧思遠離去後，程定卻沒有再翻看奏摺，轉而問向李公公。

「寧思遠剛才說的倒也不錯，朕是不是該去看看南婕妤？」

臉上笑容擴大，李公公躬身回道：「陛下若是能去，娘娘一定會更高興的。」

「你個老東西，朕去看過生辰的妃子，你笑什麼？」手指著李公公，程定也有些喜色，故意與他打趣。

「老奴替陛下高興嘛……陛下，等等老奴！」拂塵一甩，李公公快步跟上那個大笑離去的帝王。

第十六章

凝霜殿裡，南婕妤正淺笑客套。「祝姑娘送的這對如意本宮很喜歡，妳用心了，采菊，賞。」

「多謝娘娘！」雙手接過了賞賜，祝姑娘行禮後回到了自己的位子上。

估摸了一下時間，陸蓤藜此時站起來，笑嘻嘻地竄到中間。「娘娘，民女也給妳準備了賀禮呀！您看您準備的賞賜都快賞完了，民女可不依，我得先來送賀禮。」

「妳們看她，一向是這種刁蠻性子，裝不住了吧？」笑著瞪她一眼，南婕妤看向另一邊原本已起身要獻禮的官家小姐。「且讓這個潑皮撒野一回，鄭姑娘不要介意。」

那鄭姑娘倒也是個溫和的，只是淡淡一笑，便重新坐了回去。

笑著對她點頭表示了感謝，陸蓤藜接過青荇手中的盒子。「這可是我特別去求國公大人才得來的珍品，娘娘一定會喜歡。」

「快打開吧。」笑著嗔她一句，南婕妤倒也真的有幾分好奇。

可就在這時，林儷卻突然站了出來。「等一下，既然陸姑娘要插個隊，那民女也想湊這一份熱鬧，我自認為這份賀禮，也是娘娘喜歡的。」

她突然的做法，倒是激起了一陣小聲的討論，畢竟陸蒺藜沒規矩慣了，可是一向嫻淑知禮的林儷竟然也這樣做，倒是令人詫異。

「哦？那本宮倒是很好奇。」挑起眉，南婕妤勾起若有若無的淺笑。「妳們說得這麼有趣，快些打開看看吧。」

笑著扯動一下嘴角，陸蒺藜轉頭看著林儷。「難得林姑娘也有了與人相爭的一次，讓妳先來吧。」

「多謝陸姑娘，娘娘請看——」伴隨著她的話語，林儷側開身子，而她的丫鬟也在這個時候緩緩展開一幅繡卷。

隨著繡卷的展開，光華奪目的圖案也漸漸顯露出來，是兩、三朵牡丹花，也不知道是用了怎樣的繡法和針法，色彩生動而豔麗，隨著陽光照射，還有著不同的變化，明暗交替，就連上面的露珠都是泛著光的。

更讓人覺得驚喜的是，還有著一條恍若空游的金色鯉魚，尾巴輕輕搖曳，彷彿下一瞬就要憑空跳出來，咬走牡丹花上的那一顆露水。更絕的是魚身的鱗片，似乎是用極細的銀線勾了邊，若隱若現地折射陽光。

無論是技法還是用料，這都是一幅上佳之作，毫不意外地收到了所有人驚羨的目光。林儷的下巴微微昂起，一直以來被壓抑的炫耀之心，在這一刻得到了莫大的滿足。

縱然在宮中也算是看過了不少精品，南婕妤也被面前的這一幅繡品給驚豔到，呆愣了片刻，由衷誇讚道：「林姑娘費心了，這一幅繡作，抵得上舉世無雙四個字。」

「只要娘娘喜歡，便是它最大的價值了。」微微頷首，林儷不用刻意去聽，就知道這時那些京城貴女們都在討論些什麼。

有這樣的珍品做比較，陸蒺藜手上的賀禮無疑就是破布一條，屆時，不要說婕妤娘娘的輕視，光是這些貴女們看熱鬧的刻薄話就能讓好面子的陸蒺藜掉一層皮。恍若已經看到了她片刻後的窘境，林儷眼角笑意更甚。

同樣在心裡嘀咕完這些話的，還有陸蒺藜，轉頭看了眼自己這毫無特殊之處的盒子，她突然後知後覺的有些頭疼。光顧著算計人，忘了自己的面子了，看來今日又得讓將軍府成為一次笑柄。

「陸姑娘，方才不是說妳的賀禮也是娘娘喜歡的嗎？不如也快些讓我們一飽眼福吧。」不願意讓陸蒺藜再拖延，林儷催促著她，臉上的笑容好看至極。

擔憂地看了一眼陸蒺藜，采菊轉頭看到自家娘娘神色淡淡的，也不好說什麼，只能不忍地錯開視線。

陸蒺藜無所謂的笑笑，親自打開盒子。「娘娘和眾位小姐請看！」

「……」

好一陣的鴉雀無聲，陸蒺藜茫然地眨眨眼，就算只是一幅平平無奇的繡品，這些慣會說場面話的人們也不該是這個反應吧？感覺到有問題，陸蒺藜連忙低頭檢視繡卷，然而她也傻眼了。

羅止行，你不是故意想讓我出醜的吧？陸蒺藜幾乎快昏倒，這根本連繡品都談不上，簡直就是兒童戲作，上面針腳的稀疏，連她自己都能指點一二。還有這圖案，也是簡單至極，就是一個小院子，裡面有著不成人形的一男一女，連臉上的表情都看不清，旁邊的一座小橋，不過是簡單的平繡，和周圍有著格格不入的違和，看起來就像是兩個剛學刺繡的人共同合作的一幅繡品。

「沒想到陸姑娘說的賀禮，就是這樣的。」回過神來，林儷絲毫沒有再掩飾臉上的譏諷。「若不是知道陸姑娘的性子，差點就誤會妳故意折辱娘娘呢。」

尷尬地笑笑，陸蒺藜這下自己也沒臉辯駁。「娘娘，興許是民女拿錯了，請娘娘責罰。」

「這也能拿錯，陸姑娘這份禮物不是從國公大人那裡討來的嗎？豈不是國公故意想讓妳出醜？這怎麼會呢，定然是有誤會吧。」沒等到南婕妤有所表示，林儷先笑著開口，語氣中的惡意，與她嬌美的面容頭一次有了不相配的感覺。

可是周圍的那些貴女們就像是沒有意識到一樣，還是一如既往地附和著林儷的話語跟著嘲笑起來，彷彿只有這樣同一陣線，才能維持自己貴女的身分，才能與聲名狼藉的她劃清界線。

舔舔牙尖，陸蒺藜忍了，可是心中還是好一陣奇怪。不應該呀，羅止行不是粗心之人，更不會故意讓她難堪，他這番操作是……

「這幅繡品，是本宮所做。」

在陸蒺藜心中的不解和眾人的譏諷推進到頂峰的時候，南婕妤緩緩開口，眼神複雜地看著那繡作。

長吁一口氣之後，她似笑非笑地看向林儷。「林姑娘，怎麼，本宮早年的這幅作品很不堪入目嗎？」

心頭瞬間劃過驚恐，林儷跪下來。「民女不敢，民女不知是娘娘所做，一時胡言亂語，請娘娘恕罪。」

「哦，不是本宮做的就不堪入目，是本宮做的，就是妳自己妄語，呵。」故意放慢了語氣，南婕妤細細睇著眼看她。「如此說來，林姑娘還真是會說話呢。」

噗哧一聲，陸蓃藜差點沒有忍住，很快繃住了表情。

閒閒瞥了她一眼，南婕妤讓采菊將那繡作拿了過來，手指輕撫著上面的橋。「這幅繡作是我尚未進宮之前所繡，當時遺留在一個友人處，沒想到他幫我完成了繡作。陸姑娘費心了，沒想到還能幫我找到。」

「能博娘娘一笑就好。」陸蓃藜微微頷首，心中卻開始琢磨，若是如南婕妤所說，能送出這份禮的恐怕就只有蘇遇南一人，那想必羅止行也知道了他們之間的事。

強忍著心中的波動，現在還不是糾結那些過往的時候，南婕妤十分珍惜地將那方繡作收好，轉頭看著面色難看的林儷，語氣溫和而疏離。「林姑娘也費心了，妳的賀禮本宮也很喜歡，采菊，賞吧。」

鬧出了這麼大的動靜，也只得到了和別人相差無二的結果，甚至方才隱隱還有責備之意，林儷臉色漲紅，嗓子像是被堵住似的說不出話來，偏偏又不甘心，抬頭看向南婕妤。

「怎麼，林姑娘是不滿意娘娘的賞賜嗎？」還不見她接東西，采菊平日也見不得這些捧高踩低又為難人的作派，此時直白發問。

連忙跪下伸出手去，林儷乖順開口。「民女不敢，多謝娘娘賞賜。」這才心中嗤笑一聲，采菊伸出手，還沒有把賞賜放在她的手中，突然傳來小公公的通傳聲。

「陛下駕到！」

話音剛落，穿著明黃身影的人就走了進來，南婕妤趕忙下座行跪禮。「拜見陛下，陛下萬歲。」

「愛妃快起來。」程定一個跨步上前，將南婕妤扶了起來，臉上含笑。「今日是妳的生辰，朕過來陪妳小坐片刻。」

「妾身小小生辰，陛下允准讓妾身宴請這些小姐們來說話，已經是莫大的恩賜了，陛下還親自過來，實在是讓妾身惶恐。」挽著程定的手，南婕妤請他在主位坐下，又對采菊使了眼色。

連忙重新命人上了碗筷和另一套桌椅，采菊張羅著要放好，誰知程定卻擺了擺手，直接將南婕妤拉著坐在身邊。「不必了，朕與愛妃同坐就是。」

「陛下，這樣恐不合規矩！」南婕妤臉色慌亂，似乎想要掙開他站起來。

誰知程定卻是手上用力，又重新將她拉了下來。「今日妳生辰，妳高興就是最大的規矩，朕說了算！」

到底是樂得他給自己立威，帝王的恩寵是後宮裡生活的最大保障，南婕妤半推半就之後，就也隨他坐好。

「愛妃剛才是在做些什麼啊？」見她坐安穩了，程定才笑著發問，目光不經意地略過了面前兩個站著的人，他剛進來的時候，林儷的臉色可是不太好。

淺笑著開口，南婕妤伸手幫他挾菜，語氣淡淡，就像是真的隨口回答。「沒什麼，不過是聊累了，林姑娘和陸姑娘正給我送賀禮呢。」

「哦？朕倒是也好奇她們都送了妳什麼？」舉起酒杯喝了一口，程定笑著問道。林儷的臉色頓時變了變，不由得心中多了分狐疑。

全然不知帝王內心所想，南婕妤從旁邊拿過陸蒺藜送的那一方繡作，掩唇輕笑。

「這是陸姑娘送的，也不知她哪來的巧思，竟費心找來了我年幼時的繡作，雖然看著簡單潦草，可是妾身極重要的回憶。陛下看看上頭的這座小橋，還是妾身的友人繡的，意義非凡。」

隨著南婕妤的解釋，程定的臉上才慢慢多了笑意。他差點以為是陸蒺藜不分輕重，隨便找了這麼一個東西來辱沒南婕妤。「原來如此，愛妃喜歡就好。」

話音剛落下，程定就立馬察覺到了不對，立馬抬起眼睛盯著陸蒺藜，滿是狐疑地開口。「南婕妤年幼時幾經離亂，親人已早早不在，朕都難以找到她年幼時的東西，妳是怎麼找到的？」

瞳孔微縮，南婕妤藉著低頭倒酒的動作掩飾自己的表情，可是心中卻不由得為陸蒺藜捏了一把冷汗。

「回稟陛下，臣女自然是沒這個本事，是託荊國公去找的。」陸蒺藜面色絲毫不慌，一本正經地扯謊。「從知道娘娘生辰之後，臣女就為了賀禮琢磨許久，苦無頭緒，這才去請求荊國公幫忙。不過最開始也是一無所獲的，是有一天突然來了個雲遊道士，輾轉將這幅繡作給了荊國公。細問才知道，他本是在四處雲遊，碰巧見到了國公派出去探查的人，才將它交了出來，並說，娘娘福澤深厚又良善賢淑，往後定然會一帆風順的。」

陸蒺藜笑著作了個揖，俏皮地眨眨眼睛。「本來國公不信那位道士的話，可是拗不過臣女相求啊，這才送了上來，沒想到真是娘娘喜歡的，也是臣女的運氣。」

「妳說的是賀道長吧，我還記得他，沒想到你們有幸遇上，也是一段善緣。」南婕好嬌笑著看向程定，解釋中帶了分討好。「妾身年幼時有段時間曾受這位道長的照顧，但他生性散漫，想來也是碰巧趕上了，陛下去找時他不知在哪座深山裡呢。」

南婕妤都這麼說了，程定將信將疑，卻也只能放過這個問題。「原來是這樣，那也是愛妃有福氣，正好讓這繡作回到了妳身邊，逗妳開心片刻。」

「陛下所說甚是，今日都是為了能讓娘娘高興，就是林姑娘的賀禮，也是費足了心思，想來娘娘也是極喜歡的。」陸蒺藜笑咪咪地點頭，竟然是難得懂事，照顧起了別人的面子。

側頭盯了她一眼，林儷心中奇怪，卻也沒有多想。「臣女自然是真心為婕妤娘娘慶賀，無論娘娘更喜歡哪一件禮物，臣女都是高興的。」

「朕知道，丞相的女兒自幼乖巧懂事，朕倒是也好奇了，讓朕看看妳的賀禮吧。」存了幾分為丞相府挽回面子的心思，程定淡笑道。

臉上立馬閃現出一抹欣喜，就算南婕妤因為什麼舊情誼喜歡陸蒺藜的賀禮，可若是聖上能看出她送的繡作的精妙之處，說不定她也能得償所願。這般想著，林儷轉頭朝丫鬟看了一眼。

隨著丫鬟的動作，剛才那一幅精妙絕倫的繡作再一次被展開。

「這是……」程定原本微笑的臉，看到那繡作的瞬間板了起來，繃直身子站定，眼睛細細瞇起，甚至在他的耳邊再一次響起了寧思遠方才離去前說的話。

「按理說，這次的蝗災程度不該導致這樣大的影響，當地的州府似乎早就和京中的一些大人有聯繫……」

心頭本已被壓下去的憤怒在這一刻全然爆發，程定拍桌怒喝一聲。「大膽！」

猛然瞪大了眼睛，林儷不知道自己做錯了什麼，愣在原地不知道該怎麼辦，還是身後的丫鬟拉了她一把，她才撲通一聲跪下，茫然地睜大眼睛。

「好啊，丞相府還真是好樣的，朕給你們的榮華富貴還不夠嗎？」程定不管不顧地指著林儷怒罵。「林丞相多少次貪污受賄，朕都睜一隻眼閉一隻眼，如今，你們的手都敢伸到朕這裡來了？」

「陛下息怒，爹爹、爹爹他絕不會貪污受賄的！」臉色蒼白一片，林儷對著這一聲怒罵，更加茫然而急切地辯駁。

安靜地看著她，陸蕿藜的眼睛不辨悲喜。費心幾日的完美佈局，現在終於要落幕了，目光移到了林儷慌亂的臉上，她的心中卻沒有絲毫鬆快。

「妳的爹爹不會？」冷笑了好幾聲，程定將那繡作拿了過來，轉頭看向南婕妤。

「愛妃，妳可曾見過這般精美的繡作？」

沈默了片刻，南婕妤忽地一下笑開，單純又無辜。「當然沒有了，可這是林姑娘為了妾身的生辰送的禮，跟丞相大人是否貪污受賄無關吧？」

「愛妃這樣的好心腸，竟然被妳這種小人利用！」更加生氣地將那繡作扔在地上，程定對南婕妤解釋。「這幅繡作是出自朕在河內所設的文繡院，文繡院專司皇家繡品，但近些年來河內屢屢受災，文繡院的貢品只夠一些重要朝服使用，可今日她竟然能拿出這樣一幅來，又是在河內的流民都逃難到了京城的時候！」

「啊！」故作吃驚地用手捂住嘴，南婕妤看向林儷。「今年河內災情嚴重，陛下多日來都為蝗災和流民的事情煩惱著，丞相府竟然還有河內貢品送給妾身，這貢品是從哪來的？妳送來當賀禮究竟是何居心？」

驚恐至極，林儷跪行著往前，急著辯駁。「陛下、娘娘不是的！這繡作是早些年爹爹給我的，絕不是今年鬧蝗災的時候所出，也定然不是爹爹貪污所得的貢品啊！」

林丞相要倒臺了。在林儷說出這些話的瞬間，陸蒺藜心中的這個判斷就落了地，緩緩閉上眼睛，她口中滑出一聲微不可察的嘆息。

可這聲嘆息，還是被林儷抓住，她急不可耐地抓住陸蒺藜。「陛下、娘娘，都是她，都是陸蒺藜有意陷害！」

任由林儷抓著自己的袖子，陸蒺藜垂下眼眸，不為所動。

「簡直是荒唐，妳現在還想拉陸家下水，是以為朕癡傻不成！」不知不覺又頭疼了，程定更加煩躁，對於林儷連同那幅繡作也是越發不順眼。「妳自己都口口聲聲說這是妳爹爹早幾年給妳的，那她是怎麼知道妳有這東西的？」

「臣、臣女……」被嚇得驟然一抖，林儷不覺鬆開了陸蒺藜，臉色蒼白得不像話。

「妳怎麼不說是朕害妳的？是朕故意要來看妳們的賀禮，是朕故意說這是貢品！」不耐煩地敲著桌子，程定發出陣陣冷笑。

是啊，這不應該是陸蒺藜故意所為的，可是爹爹……那個從小教導她的爹爹，又怎會做出貪污受賄甚至搶占貢品的事？心中多年來的信念驟然崩塌，林儷徒勞地搖著頭，抗拒這事實。

「陛下息怒，不要因為這事氣壞了身子。」掐準了時機，南婕妤這個時候才柔順地湊上前，有一下沒一下地拍著程定的胸膛。「興許林姑娘說的是實話，更何況也可能是下面的人搞錯了。畢竟這可是貢品，丞相不會不認得，他再怎麼膽大妄為也不敢拿貢品啊，不然存的可是什麼心思了？」

南婕妤嗓音柔和地寬慰著程定，並為丞相開脫，可是旁邊一直伺候著的李公公，此時迅速掃了一眼皇帝的表情，果不其然是一片陰狠。南婕妤可真是問了個好問題，不經意地就挑起了程定最敏感的神經。

是啊，私藏貢品，存的可是什麼心思？眼睛重新細細瞇起，這個時候，程定卻反而冷靜了下來，良久的沈默之後，緩緩開口。「李公公。」

「老奴在。」弓著腰，李公公快步上前。

「著令禁衛軍即刻查封丞相府，宣丞相以及吏部、戶部、刑部三位尚書覲見。」推開南婕妤，程定負手站起身，目光掠過南婕妤姣好的面容。「愛妃，今日的生辰，朕還是無法陪妳了。」

忙端正跪下，南婕妤臉上是恰到好處的關心。「陛下能來，已經是妾身莫大的恩寵了，區區生辰，自然不能耽誤陛下的大事。只是陛下，切勿再動怒，望陛下愛重自己的龍體，就是妾身最大的心願了。」

耐著性子扶她起來，程定拍拍她的手。「朕會記得愛妃的叮囑。」

鬆開南婕妤，程定威嚴的目光略過了在場跪著的一眾人等，轉頭看向李公公。「你在這裡收拾一下，馬上回重英殿覆命。」

「是。」

「恭送陛下。」

隨著程定的離去，凝霜殿的氣氛似是突然放鬆了，但卻沒有人敢多說一句話，眾人僵立在原處，剛才的事情還不斷讓她們覺得後怕，只除了李公公，他小心地將林儷送的繡作收好，又走到林儷身邊。

「林姑娘，跟咱家走吧。」

「不，放開我，娘娘……」話都沒有說完，她就被侍衛拉了出去，只留下足以讓人心顫的哀號聲。

表情沒有絲毫變化，李公公上前向南婕妤行禮。「娘娘，咱家就回陛下那裡覆命了。」

「公公請便。」客氣頷首，南婕妤說道。

直起了身子，李公公冰涼的目光從南婕妤臉上又繞到了陸蒺藜臉上，最終還是轉頭離去。

這場宮宴被這樣一打斷，是誰都沒了興致。勉強又留著貴女們坐了半盞茶的功夫，南婕妤才藉口自己累了，讓她們全部離開。

「采菊，我有些累。」等殿中空無一人了，緊繃的身體才得以放鬆，南婕妤靠在桌邊，從自己懷中拿出陸蒺藜送的繡品。

采菊跪在南婕妤身後幫她揉著肩膀。「娘娘，奴婢是後來才進宮的，一直以來都不知道娘娘想做些什麼，可今日的事情，一定很凶險吧？」

緩緩搖頭，南婕妤把那繡作在桌面上展開，目光憂傷，手指貪婪地摩挲著上面繡的小橋。「今日我不是為了給陸蒺藜面子，我說的都是真的，這上面繡的，是我最快樂的一段日子。」

「娘娘，要奴婢找人把它裝裱起來嗎？」

重新將它收好，南婕妤卻隨手遞給她。「不，幫我收好就行，切記，此後不要再讓人看到了。」

沒想到會這樣處理，采菊愣了一瞬，又很快回神接過來。「是。」

留戀的目光在她手中停了片刻，南婕妤才轉頭看向大殿門口，語氣有些好笑。「陸姑娘，偷聽可不是好習慣吧？」

「嘿嘿。」訕笑一聲，陸蒺藜探出頭來。「娘娘發現了啊？其實我就是想來問問，妳有沒有什麼話要讓我帶回去的？」

低下頭，南婕妤無意識地轉動茶杯，卻並不開口。

「奴婢先下去了。」采菊生怕是因為自己的原因娘娘不便多說，對著兩人行了禮後連忙退下，離去前還不忘關上門。

看著還沒有撤下的佳釀，陸蒺藜笑著坐到娘娘對面，手中拎起一瓶酒。「要不，我陪沐風喝酒？」

「妳倒是還記得我的名字。」這才笑著看她，南婕妤卻從她手中奪過酒來。「不過妳的酒量，還是算了吧，況且妳現在，應該更想回去見妳家國公大人吧？」

聳聳肩，陸蒺藜討好地笑。「今日怎麼說也是妳的生辰，毀了妳的好心情，當然是陪妳比較重要了。」

「今日發生的這些事情，還不足以毀了我的心情。」無聲地咧咧嘴，南婕妤轉頭看她，眼中多了幾分認真。「我大概猜出國公要做什麼了，總之你們要一切小心，可需要我再幫你們做些什麼？」

立馬搖頭，陸蒺藜撫上她冰涼的手指。「妳的境遇又何嘗不是凶險萬分？沒事的，妳照顧好自己就行。」

「放心吧，我足以自保了。」笑著讓她放心，南婕妤這才戲謔地歪頭。「不過妳既然要幫我傳話，那我也卻之不恭了。」

立馬把手收攏在自己耳邊，陸蒺藜誇張地湊近她。「娘娘請說，信鴿絕對不辱使命。」

噗哧一聲被她逗笑，南婕妤拍下她的手，頓了片刻才說：「妳幫我告訴那個男人，上一件事之後，我們是兩不相欠。可如今我幫了他這樣的忙，我們就還是互相糾纏，他休想再存著撇開我的心思。」

震驚地看她一眼，陸蒺藜無聲地伸出自己的大拇指。「雖然不知道你們之間有什麼樣的愛恨糾纏，但我記住了，定會一字不差地帶到。」

「還有一句話，他知道我想要做什麼，我不會輕易放棄的，在你們的計劃進行到最後一步的時候，請一定先告知我。」說到這裡，南婕妤神情嚴肅幾分，手指也蜷緊。

將這幾句話默記在心中，陸蒺藜點頭。「我會帶到的。可是娘娘，妳真的不想告訴我你們倆的故事嗎？」

「不是都告訴過妳了嗎？至於細節，妳去問他，或者找個天氣好的時候再進宮來問我吧，今日我已經乏了。」重新靠坐了回去，南婕妤說道。

只好無奈地縮了回去，可陸蒺藜還是有些不放心。「真的不用我陪妳喝酒？」

「非但不用，妳還得早些回去，雖說陛下看起來未對今天的事情起疑，可妳在我這裡待太久也不好，早些走吧。」

知道她說的是對的，陸蒺藜也不再多言，默默地朝她一拜，才轉身快步離開。

一早等在殿外的青荇此時才終於湊上來，走到一個沒什麼人的地方就忍不住看向陸蒺藜。「小姐，我怎麼覺得林姑娘這次的禍事和咱們有關呢？哎呀！」

毫不客氣地捏了一把她的臉，陸蒺藜瞪著她。「胡說什麼？她說是我陷害的，妳也信啊？妳莫不是林儷安在我身邊的眼線？」

「當然不是了，小姐妳嚇唬青荇！」鼓著臉，青荇氣呼呼地跟著她，一路絮叨自己是怎麼從小跟著她，怎麼跟著她搗蛋揍人，直到出了宮門還不罷休。

掏掏耳朵，陸蒺藜攔住了說到曾跟著她爬樹偷果壯舉的青荇。「好啦，不逗妳了，鬧得我耳朵疼。」

「小姐本來就不該拿這種話開玩笑。」毫不客氣地嘟囔一句，青荇跟著她上了馬車。「那小姐，我們現在回府去吧。」

「不，去國公府。」轉頭看著馬車外掠過的風景，陸蒺藜說道。

憑窗而立，羅止行拿著一本書在看，目光卻是空洞的，落在一邊，不知道在想些什麼。就在這個時候外面傳來一些嘈雜的聲音，他茫然地轉頭去看，還沒有將四散的思緒收攏回來，自己的懷中就撲進了一個嬌小的身軀。

「蒺藜？」低頭看著她，羅止行鬆開手中的書，又揮手讓羅叔帶著青荇他們都下去，才摸著陸蒺藜的頭笑問：「這是怎麼了？」

鼻翼間全然是自己熟悉的味道，陸蒺藜蹭兩下仰頭看他。「林儷被帶下去的那一瞬間，我突然覺得，她也挺可憐的。她爹爹做的那些事情，她確實並不知情，也不知道我這麼做是不是害了她。」

林丞相此前仗著程定的寵信，從未想過要讓家人收斂行事，自然也不會讓家人得知自己做的齷齪事情。

羅止行心中暗嘆一聲，撫摸她的動作越發輕柔。「這些不是妳的錯，造成他們今日結果的，都是他們自己。」

「我自然清楚這些，可是看見陛下發怒的那一瞬間，我還是覺得心寒。林丞相走到今日，又何嘗不是他放縱的結果？」從羅止行的懷中退了出來，陸蒺藜微微握著拳頭，心中難掩悲憤。

羅止行何嘗不明白她的心境，可是大晉就是走到了這一步，昏庸的皇帝和黑暗的朝局，已然是氣運將盡。

不忍讓他再擔心自己，陸蒺藜又很快笑著抬頭。「所以啊，我又一次清醒了，我要和你一起推翻這個朝局，不僅是因為我要改命，也是因為它該如此。對了，蘇公子和南婕妤之間的事情，你是不是知道了？」

「略有耳聞。」一點點頭，羅止行反應過來，也望向她。「妳也知曉這件事？」得意地睇著眼笑，陸蒺藜歪頭回道：「那當然，我知道得或許比你還早些！」

略一琢磨，就知道是陸蒺藜上次去南婕妤宮中的時候，她們許是聊了這件事。羅止行淺笑著拉她到一邊坐下。「突然說起這件事，是因為今日送的賀禮嗎？」

「也算是，南婕妤託我帶幾句話給蘇公子，你何時有空帶我去見他吧。」陸蒺藜問道。

羅止行倒是挑起眉毛。「妳去見他，又何必要我帶妳去，只管去就是了。」

「哦？那你看我去青樓見別的男子，就真的一點都不介意不成？」心知肚明羅止行相信自己，可她還是忍不住逗他。

想起上次她和蘇遇南一唱一和的樣子，羅止行眼底揉進一抹無奈，她就是仗著自己心軟。這般想著，不由暗惱地伸手敲一下她的額頭。「只准傳話，要是多做別的，我就……」

「你就怎麼樣？」絲毫不怕他的威脅似的，陸蒺藜越發湊近他，眼中是細碎的笑意。

直直撞進她這一雙含笑的眼睛中，羅止行的眸色不由自主地加深，喉嚨上下滑動兩下。

渾然沒有察覺的陸蒺藜，臉上的笑意更深。「我倒是想知道，一向端正守禮的國公大人，惱火吃醋起來會是什麼樣子，你一定……唔。」

雙目瞬間瞪大，未說完的話全部淹沒在唇齒中。陸蒺藜後知後覺地發現，自己的嘴唇上多了兩片柔軟，伴隨著熟悉的清冽氣息闖進來，像是不滿意她的呆愣似的，還壞心地輕咬了一下她的嘴唇。

半晌之後，她哪裡還能有半分理智。感受到懷中的人逐漸柔軟下來，羅止行這才放慢攻勢，感到她有些喘不上氣了，才暗笑著鬆開，將額頭抵上她的。

「早就說過了，對於妳，我從來不會端正守禮。」

說話間，還能看到他嘴角的水漬，意識到那是怎麼來的，陸蒺藜臉上的紅色更濃，心中躁動，猛然推開他大口呼吸。「我、我先走了，去跟蘇公子說完事就回！」

望著那說完就跑的背影，羅止行這才憋著笑搖頭，情意濃烈的瞳孔很快逐漸恢復清明，恍若還是那個波瀾不驚的人。

「爺，陸姑娘怎麼突然跑了啊？」長均詫異地從外面走了進來，忍不住問道。

「許是有急事吧。」唇角一彎，羅止行轉頭看向他，面容嚴肅了些許。「長均，你的輕功能夠瞞過禁軍闖入宮中嗎？」

摸著下巴，長均還沒有從剛才陸蒺藜的反應中想通，下意識地回道：「這屬下沒有試過啊，皇宮戒備森嚴，不過屬下想著應是不難，若是再選準了防禦薄弱的地方，可以一試。」

「那好，今晚就隨著我去試一試。」羅止行點點頭，就像是說要去逛街一樣的隨意。

「是。」點頭應下，長均才猛然回過神來，瞪大了眼睛看向他。「爺，屬下剛才好像沒有聽清，你是說我們今晚要去哪裡？」

「進宮！」轉頭看向窗外的天色，羅止行嘴角的笑意突然變得瘆人起來。「入夜之後進去，大約半刻鐘之後出來。」

「爺，我們為何要偷偷進宮，我們完全可以直接進宮啊！私闖皇宮，這可是殺頭抄家的罪名，萬一我們被發現了，這可……」

揮揮手，羅止行打斷了他的話，面色堅毅。「你且放心去做，萬一被發現了，自有我擔著。」

悻悻縮了回來，長均忍了許久，才控制住自己想要摸一摸主子額頭，查看他是否發燒的衝動。可眼看羅止行就像是沒事人一樣，很快又讀起書來，只好嚥下自己的所有話語，擰緊了眉頭退出去，盤算著是不是該求羅叔幫自己寫一份遺書去。

第十七章

天色已暗，在皇帝面前服侍了一天的李公公此時總算有了一些喘息的時間，再三叮囑了前來接班的小太監，他才一步三回頭地離開。可是李公公的腳步，出了重英殿之後，卻朝著另一個方向而去。

很快來到一座現已無人居住的宮殿前，推開一扇緊閉的大門，吱呀一聲，驚起了滿地荒涼。隨著李公公帶進來的一陣風，恍若又把這裡帶回了原來繁華的樣子，三三兩兩的宮女放著風箏，石桌上擺著新貢的糕點，樹下的鞦韆上，坐著個滿眼含笑的女子。

「呼。」吹開一個火摺子，光亮劃破了夜空，也趕走了眼前的所有幻象。

點上燈之後，這裡依舊荒涼衰敗，積累的枯葉疊出一層一層的淒涼。可若是看向殿內，裡面卻又是和院子截然不同的整潔明麗。

李公公眼中的懷念，在這無人的時刻才全然洩漏，閉上眼把剛才腦海中的畫面全部記好之後，他才笑著找來一塊抹布，細心擦拭著桌上不多的灰塵。

也不管有沒有人，李公公自己小聲說道：「這段時間忙，沒有顧得上來，公主最是愛乾淨，可莫要怪罪奴才。今日我看到的景象啊，又和之前的不一樣，依稀記得，這鞦韆是在公主離宮前不久建的，您極是喜愛……」

「來人啊！走水了！」

突然外頭響起幾聲慌亂的叫喊，打斷了李公公的思緒，他連忙吹滅了燭火，快步走到院中看。望著火光的方向，李公公鬆了一口氣，看樣子應該是在靠近宮門的地方，有禁軍和一眾奴才們，估計消息都不會傳到程定耳中，火勢就會被撲滅了。

放下心來，李公公重新走回去，又點燃了蠟燭。可在火光再一次亮起來的瞬間，他突有所感，立馬轉頭盯著殿門的方向，眼睛都不眨一瞬。

「李公公，好久不見。」剛走到了殿門口，羅止行就毫不意外地對上了李公公的視線，他淺笑依然、神態自若，彷彿兩人是光天化日下會面，反倒是他身後的長均臉都嚇白了。

臉上的表情一時間有些複雜，有些擔憂，卻又摻雜著一種如釋重負的欣慰，李公公快速將他二人帶進來，關上門劈頭就責怪。「私闖宮禁是多大的罪過，你們是怎麼躲過禁軍來的？可有人發現？」

在這裡，李公公似乎格外放鬆，連情緒都是外放的。羅止行眉毛輕挑，臉上笑意不變。「應當無人發覺，母親在宮中留下了一些人，我讓人幫我傳信之外，也放了一場火掩護我，至於我為何要來……」

停頓一瞬，羅止行看向李公公，似笑非笑。「不是公公請我來的嗎？畢竟，你連怎麼避開一眾視線到我母親舊日宮殿的路線，都早早告訴我了呀。」

隨著羅止行輕緩的聲音，李公公慢慢合上眼睛，心中劃出一句喟嘆。*公主，妳的孩子好好長大了，他有足夠魄力和才智，即將要做一件大事。*

暗嘆一口氣，他重新睜開眼，看向羅止行，到嘴邊的話還沒有說出來，瞳孔就猛然放大，被面前羅止行的動作驚到。

「多謝公公數年來的照拂，倘若不是因為你的教導和傳遞消息，也許我早就不在這裡了。」羅止行彎著腰，雙手交疊前伸長拜，看起來像是平常人家的晚輩行禮。

「國公大人，萬萬不可！」惶恐地將他扶了起來，李公公此時不再壓抑自己的表情，含笑看著他。「國公大人是何時猜到，一直暗中給您傳消息的就是我？」

不用回頭都知道長均現在驚掉了下巴，羅止行的目光掃過了明淨的案桌和燭臺。

「坦白講，還是公公上次主動帶我走了那條小路後才開始懷疑的，您的身分，讓我還真的不敢往這方面猜。」

他還記得李公公上一次談論起他母親時的神情，就如同這被打掃乾淨的宮殿一樣，隱秘而小心地暗藏著情誼。想到這裡，羅止行的心情一時間有些複雜。

「公主對於我來說，永遠都是高高在上的公主。奴才只是仰慕她，感激於她對我的一次關照。」多年來的察言觀色，李公公立馬看出了羅止行心中的猜想，有些急切的解釋。

羅止行聽完後笑著搖頭，語氣依舊是溫和的。「公公不必解釋，無論如何，那都是您和我母親的往事，我自然相信母親的為人，她的所有選擇一定都是出自內心。」

是啊，她向來是不會做任何違心之事的，一如當年一意孤行選了將軍做夫君，一個她隨手救下的奴才，她怎麼可能放在心上，更遑論成為選擇。可也正因為她一直沒有把自己這個小太監放在眼中，他才能一步步走到了程定身旁，還從未被懷疑。

壓下心底的苦笑，李公公知道羅止行時間緊迫，也不再說這些不重要的話題，開門見山道：「奴才大膽猜測，今日凝霜殿的事情，都是國公暗中操控的吧？您想要對付丞相，我需要做什麼？」

未料到李公公會這麼直白，本來打算好的話，此時卻有些無法開口，羅止行微皺著眉頭，嘴角緊繃。

「若是國公想要的是之前林丞相賣軍防圖的證據，我有。」看出了他的糾結，李公公主動說道。「上次搜查之後，我暗自扣了一封兩國來往書信，陛下沒有察覺，現在要是拿出來，會是扳倒林丞相很好的證據。」

羅止行越發動容。「可若是這樣的話，公公你的處境不就變得很危險嗎？就算是陛下不對你起疑，也會責怪你之前的事情沒有辦妥。」

「都到這個分兒上了，國公還顧忌我的處境做什麼？」李公公皺著眉搖頭，顯得有些急切。「我無論如何也在皇帝身邊待了那麼長時間，他總不會下令殺了我。」

羅止行蹙著眉頭，略想了片刻，展眉看向李公公。「我想到了另一個法子，公公請把那書信交給我吧，我有辦法不牽連公公。如今越是緊要關頭，你對我們就更重要，況且以公公於我的恩情，我也絕不能讓你有危險。」

心中並不太相信羅止行還會有別的辦法，李公公卻也沒有多言，在衣服裡摸索很久，拿出一枝不起眼的毛筆，信件就在筆管中。「國公請收好。」

拿過來塞在自己袖子裡，羅止行朝他微微點頭，窗外的聲音逐漸小了，想來是那場火被撲滅了。

「時間緊迫，國公大人，我想辦法引開那些禁軍的注意力掩護你們離開，你們快走。」同樣聽到了外面的聲音，李公公吹滅蠟燭，拽著羅止行就想走。

可羅止行卻突然攔下他的動作，眼尾含笑。「公公，我還不能走，我要去見一個人。」

宮門口失火的事情沒有上報皇帝就輕易被撲滅了，但已驚動禁軍統領林晉。此時低頭望著起火處，林晉總覺得哪裡不太對勁，卻又說不上來。

「林統領，沒想到今日你也當值啊。」身後突然傳來一聲尖細的嗓音，林晉轉過頭去，看清來人後微微皺起了眉。「李公公，您怎麼也過來了？在下雖然不如您在陛下面前那麼受寵，但是基本的職責還是該守的。護衛宮門，自當盡心。」

心知肚明，在這些武將們心中，對自己一介閹人不會有什麼好印象。李公公低下頭，掩下自嘲的笑意。「咱家只是聽聞這裡走水了，才匆忙趕來探看一二，辛苦大統領和眾位將士了。」

「公公客氣，偶然著火罷了，已然撲滅。」

就像是聽不出他話音中請自己離開的意思，李公公越發噙著笑往前一步。「只是這火，實在是起得莫名其妙，我方才來的路上看到了些異常的情況，林統領要去看一看嗎？」

凝神盯著李公公良久，林晉才伸手做一個請的動作。「公公不妨帶路。」

「我就不帶路了，我還要同這些辛苦的兄弟們說幾句話，林統領沿著這條小路往前走不遠，應當就能看到不尋常之處。」李公公卻拒絕了他的要求，邁步向前面的幾個小兵走去。

轉頭看了眼李公公的背影，林晉心中越發困惑，用力握了一下自己的佩刀，轉身朝著他指的方向而去。

一路前行，佩刀與盔甲摩擦出聲音，走到一處假山前時，林晉猛然停下了腳步。

「林統領，久仰大名。」從長均驟然變緊張的呼吸中，羅止行明白人已經來了，慢條斯理地整著衣服上的皺褶，從山後站了出來。

藉著月光，林晉辨認出了來人，饒是沈穩的他也險些逸出一聲驚呼，壓下自己心中的驚訝，他不解地皺緊了眉頭。「國公大人怎麼會在這裡？」

淡笑著，羅止行神態自若地任他打量，身後的長均則是豎起耳朵，緊張地傾聽周圍的情況。

轉念想到了是誰把自己引到這兒來的，林晉的臉色一沈，看向羅止行的視線變得警戒起來。「你是跟李公公串通好的？暗夜進宮到底想做些什麼？」

「林統領先別急，請聽我說，李公公只是因為一些原因得幫我一次罷了，我和他說不上什麼勾結。」眼神中帶著安撫的意味，羅止行同樣在心中對這個年輕的禁軍統領存著善意。「我此番確實是私自進宮的，但目的是為了你。」

隨著羅止行的話，林晉立馬退後一步，手扶在刀柄上，儼然是戒備的樣子。

淺淺笑著，羅止行往前一步，毫無戒心地靠近他。「丞相大人惹了一點麻煩，你應該不會不知道消息吧？」

「你到底想說什麼？林丞相雖然是我的叔叔，但那也是遠房親戚了，我和他沒有什麼來往！」林晉沒有因為他的親近而放鬆，瞬間明白他的深意之後，低聲說道。

羅止行勾著唇角，好笑地看著他。「林大統領，你當真就這麼天真不成？你以為你禁軍統領的位置全然是因為你的本事得來的嗎？若不是因為你叔叔的關係，你怎麼會年紀輕輕就被舉薦？」

「我！」林晉漲紅了臉，卻也沒有辦法辯駁，因為他心中清楚，羅止行說的並沒有錯，他縱然百般不願意和丞相有任何牽扯，但就是因為這一分早就淡了的血緣關係，逼得他不得不承受一些順帶的恩惠。

而這種憋屈，也是林晉一直以來心中的怨憤，偏偏又無從排解，咬著牙，他終於放開了握著刀的手。「你到底想說什麼？」

「縱然你不情願，可也因為林丞相而得了不少好處，如今他要倒臺了，你覺得你能置身事外嗎？」收起笑意，羅止行定定看著他。

林晉臉色猛然一陣煞白。多可笑啊，明明和那個人什麼來往都沒有，卻非被牽連在一起不可，在結黨營私為常態的朝堂之中，哪裡會有他的容身之地？

輕易就看穿了他的所思，羅止行臉上重新揚起笑意，語氣柔和得擁有蠱惑人心的能力。「我說了，我是為林統領來的。你如今的困局，我有破解的法子。」

乍然抬起頭來，觸及到他眼睛的時候，林晉頭腦又冷靜了不少。自己和羅止行也說不得有什麼交情，他為何要幫他？他趁著夜色溜進宮中，和李公公又有來往，到底是在圖謀什麼？

「這個錦囊裡有我為林統領出的計策，林統領若是還想要保住自己的位置，大可試試我的方法，只是要盡快。」笑得越發溫和，羅止行將懷中的錦囊交給他。

目光落在那個錦囊上，林晉沈默片刻，伸手接了過來。「上次南婕妤出宮遇刺，禁軍受罰的事情，也是你幫我的吧？」

「什麼？」茫然地問了一句，羅止行這才想起來，當初為了幫悔婚的陸蒺藜逃過死劫，安排南婕妤遇刺一事，因為禁軍護主不力會被問罪，自己暗示過寧思遠幫禁軍求情，也請羅叔暗中打點一二，沒想到林晉也知此事。

將那錦囊在懷中收好，林晉重新抬起頭來，看著羅止行的眼睛說道：「國公的父親羅大將軍，是我們所有將士心中的英雄，今日之事，我可以幫你遮掩過去，等會兒跟著我，我帶你們出宮。」

「多謝林統領。」自然也沒有再客氣，羅止行淡笑著道了謝。

隨後林晉帶著他們二人繞開禁軍巡守的路徑，走了一條小路，但走沒幾步，林晉突然開口問道：「國公大人不知有沒有想過，我有可能不會接受你的招攬，甚至可能直接把你交給陛下，把你和李公公的事情也說出來？」

「林統領，我知道你不是個莽撞的武夫，對於如今的朝局，有著自己的判斷和想法，我相信你心中有著更遠大的抱負和理想。我只問你一句，如今的朝堂，真的是你想要守護的嗎？」羅止行平靜回道。

握著刀柄的手握了又鬆，良久之後，林晉沈默地再度帶著他們往前走。

「爺，可真是嚇死我了！」

隨著一聲哀號，長均靠在國公府門前的柱子喘氣。好不容易出了宮，直到回到了這裡，他懸在嗓子眼的心才放了下來。

仰頭看著國公府的門匾，羅止行背著手淺笑。「你先進去吧，今晚辛苦了，早點休息。」他還想去看看陸蒺藜。

「是。」抱拳回道，長均轉頭推開門，一腳進去後又回頭看，只見羅止行立在月光下，氣質無限溫柔，身影卻又無比孤寂。猶豫片刻，他再度開口。「爺，不管你想做什麼，屬下都會幫你的。」

這才移動目光看向他，羅止行被他逗笑。「我知道，這些年來，多虧了你和羅叔。」

轉頭看到早就躲在門後的羅叔突然抹起眼淚，長均咧著嘴笑。「沒事，那也是國公給的工錢多，我先進去了。」

隨著他的動作，裡面傳來幾聲隱約的拉扯。羅止行笑著搖頭，重新看向那塊匾額，心中輕道：爹、娘，我如今走的路，也許不是你們想看到的吧，只是恐怕已經回不了頭了……

「哎呀，這是誰家望月傷懷的美人啊？」陸蒺藜剛走到國公府門口，就看到了羅止行，連忙笑著跑過去，繞著他打轉。「原來是我家的，呆呆站在這裡，是走丟了嗎？」

突然一道嬌俏的女聲，掃走了羅止行心中的淡淡憂愁，目光貪婪地看著這個從光亮中走來的人，羅止行啟唇笑開。「是啊，走丟了，等妳來接我。」

敏銳地感覺他的情緒有些不對，陸蒺藜上前拉著他的手。「出什麼事情了嗎？」

「沒有，我想抱抱妳。」話音剛落，羅止行就把她拉入自己懷中，將頭枕在她的肩上。「我就是突然間，有些想念母親。」

回抱住他，陸蒺藜慢慢拍著他的後背，並沒有多說什麼。

可這樣的陪伴，於羅止行而言卻是剛好，深吸一口氣後站直了身子，他摸著陸蒺藜的頭問道：「妳怎麼突然來了？」

「我這不是去找蘇公子了嘛，怕有人吃醋，回來看看他啊。」笑咪咪地彎著眼，陸蒺藜開玩笑道。

沒好氣地想要敲一下她的額頭，手指落下來卻又成了輕緩的撫摸，羅止行笑問：「那你們都聊了些什麼？」

「其實就是告訴他南婕妤託我帶給他的話，可是蘇公子的反應有些奇怪，又哭又笑的。」陸蒺藜來就是為了這件事，她微帶著些憂慮地看向羅止行。

「如今發生的很多事情，都偏離了前世的走向，這對我來說許是好事，可未來也就變得模糊不定了，可以說，我們現在正走在一條極為艱難的道路上，稍有不慎就會粉身碎骨。我是在想，蘇公子和南婕妤知曉我們要做的事，可我們對他們一無所知，萬一他們要做的事情會成為我們的阻礙怎麼辦？想到這些，我就有些不安，所以才連夜來找你。」

凝視著陸蒺藜擔憂的雙眼，羅止行垂眸沈思片刻後開口。「我相信他們不會有意害我們，如今什麼都不說，定然是有他們的苦衷。不過妳說得也是，我往後會多做準備的。」

「是我們多做準備。」雙手牽住他，陸蒺藜笑著點頭。「既然你這麼說了，那我也就放心啦。」

輕笑著摩挲她的手背，羅止行抬眼看向一直跟在她身後的青荇。「對了，明日有件事，我可能需要青荇姑娘幫個忙。」

「我？」青荇驚訝地瞪大眼睛，走上前。「國公請說，奴婢一定會做到的。」

看到她邊說著還攥緊了拳頭，羅止行忍俊不禁。「不用擔心，並不是什麼難辦的事情。」

夜晚的涼風吹得人很是舒爽，羅止行低聲囑咐了幾句，才笑著目送她們登上馬車離開。月亮已經躲在雲的後面，羅止行也不再耽誤，逕自回府休息。

第二日中午，林晉穿著一身便服匆匆出宮。

他今日一早就按照羅止行的錦囊所寫，去皇帝面前主動請求免去禁軍統領之職，還照著羅止行教的說法舉薦了幾個人。沒想到程定沈默良久之後，竟然笑著駁回了他的請求，還說什麼丞相之事並不會牽連到他，也不知是真是假，他急著想去問問羅止行是怎麼想的。

嘴角緊抿，林晉習慣性地摸著自己腰間的佩刀，昂首往前走去，可就在此時，一個小丫鬟突然朝他撞來。

「有賊，抓小偷啊！」那丫鬟緊捂著荷包，神態緊張地叫喊，指著她前面一個快速奔跑、賊眉鼠眼的男子。

這個小丫鬟，不是青荇還能是誰？

正打算推開青荇的林晉一見到是這樣的情況，當即大跨步追了上去。「站住！」那賊眉鼠眼的男子似乎對此區的情況十分熟悉，身形不斷的在巷子中穿梭，不時驚起攤販的驚呼，若是對上尋常人，怕是早追丟了身影，可偏偏追著他的是禁軍統領。林晉緊追其後，腳下生風，大跨步繞過一個挑擔的老夫，終於在一處小巷門口堵住了他。一把拽住那個人的領口，林晉將他按在牆上。「你拿了那姑娘的什麼，還不快交出來？」

「大人，您誤會了！」那人氣喘吁吁地說道，跑了這麼一路累到不行，現在又被林晉抓著，連呼吸都不順暢了。

擰著眉頭，只當這個小賊現在還嘴硬，林晉加重手下的力道。「我今日可沒功夫跟你兜圈子，再不交出來，我只能把你扭送官府了。」

「等一下！」

耳邊突然傳來女子的嬌喝聲，林晉抬眸望去，卻見青荇從小巷的另一頭走了出來，彷彿是早就料到了他們會到這裡，從另一條路趕來的。下意識地皺起眉，林晉驚覺不對勁，猛然鬆開手下抓著的男子，逼近到青荇的身邊，手中一柄短刀毫不客氣地抵在青荇的脖子上。

林晉雙眼微瞇，神情有些緊張。「妳是什麼人，為何要把我引到這裡來？」

「我是受荊國公所託，要帶你去見他的！」不敢低頭看他手上的刀，強忍著恐懼，青荇連忙解釋。

可聽了她說的，林晉非但沒有把刀收起來，反而更用力貼近她嬌弱的肌膚。「荒唐！我今日出來就是為了見他，自可直接去國公府，為何需要妳來帶路？就算有什麼隱情，國公也應該派身邊的人來，怎麼會是妳這個從未見過的小丫鬟？」

「那自然是有原因的，你先鬆開手，我跟你解釋。」不由朝後仰著脖子，青荇想要避開鋒利的刀刃，可若是這樣，就不得不靠近林晉，男子的氣息噴在她耳邊，青荇心中更為惱火。

只是這樣的說法自然不能說服林晉，心中毫無憐香惜玉四個字的林晉，手下的力道絲毫沒有減輕。

意識到不能再這樣僵持下去，青荇長呼一口氣，顧不得脖子上的刀，移動步子藏到巷子口。萬幸林晉似乎明白她的意圖，同樣跟著她移動，架在她脖子上的刀依舊沒有離開分毫。

而就在他們剛剛藏好之後，巷子外面出現了一個勁裝男子。他站在前面，面露糾結地看著眼前的分岔口，不知道該往哪邊走，青荇轉過頭，對著剛才裝小偷的男子使了個眼色。

那「偷兒」立馬心領神會地點點頭，疾速從巷口竄了出去。看到他的瞬間，那個勁裝男子也是瞬間而動，緊跟上他的步子，就這樣順利被引開了。

「國公早就算到了，你若出宮，陛下一定會派人跟著你。國公身邊的人都太過顯眼，很有可能會被陛下的人認出來，這才求了我家小姐讓我來接你的。」事情已經很清楚了，青荇有了底氣，沒好氣地說道。

方才林晉也看到了那個勁裝男子的臉，認出是禁軍中的一員，沈默片刻後，他收回自己的手，語氣依舊冷硬。「妳家小姐又是誰？妳說的也不過是一面之詞，妳怎麼證明妳要帶我去的地方是安全的？」

得了自由就立馬退後一步的青荇，皺著眉撫摸自己的脖子，沒有留心到其實方才林晉一直抵在她脖子上的，是刀背。

看林晉還是不願意相信她，青荇忍不住瞪他。「聽好了，我家小姐是陸將軍的女兒陸蒺藜！難不成她也要害你不成？再說了，你剛剛差點就殺了我，要是你覺得我要帶你去的地方有危險，再殺我一次不就好了？」

「我沒有要殺妳。」林晉冷冷說出這麼一句，因為長得高而俯視著青荇，頗有些倨傲的感覺。

「是喔，那我還得謝謝你不成？」被他氣得牙癢癢，青荇忍住了踩他一腳的衝動，捂著脖子在他前面帶路。

落後半步，林晉的目光不由自主地落在她的脖子上，白皙纖弱的脖頸上，竟還真的有一道青紫的印子，想來是剛才手下用了力氣，就算是用刀背，也不可避免的弄傷了她。

慢條斯理地收回了自己的視線，林晉沒有絲毫羞愧。是她自己太嬌弱的，再說了，自己已經手下留情了。

幸虧青荇沒有聽到他的腹誹，不然一定忍不住咬他的衝動。憋著氣在前面帶路，拐了幾個彎之後，她終於在一處不起眼的酒樓前停下，而後直接上了二樓的雅間，青荇一下子坐到陸蒺藜後面，鼓著臉不說話。

「見過荊國公。」跟著青荇上來的林晉，也看到了裡面的兩人，先對著羅止行行禮道，轉而又看了眼青荇在的位置，才對陸蒺藜微微頷首。「這位想必就是陸姑娘，見過陸姑娘。」

將煮好的茶斟出一盞來，羅止行請他坐下。「林統領請坐，想來青荇姑娘已經和你解釋過了，那跟著你的人追丟了你，自然會去我的府上守著，所以才只能請你來這裡小敘，林統領莫怪。」

轉眼看了青荇一眼，陸蒺藜同樣淡笑著開口。「我這丫鬟從小就跟著我刁蠻慣了，若是有什麼得罪之處，還望林統領莫怪。」

「陸姑娘客氣。」不自覺坐直了身子，林晉的目光劃過面前的兩人，當朝大將軍的女兒和私闖皇宮的國公，他們想要做什麼，不是不言而喻了嗎？

想到這裡，林晉端起面前的茶杯。「荊國公，在下前來，只是為了感謝國公為我想的妙計，並無他意。」

「林統領，都到了這個時候，你覺得你還能獨善其身？」沒有功夫和他兜圈子，羅止行直接將話挑明，嘴角帶笑，眼神卻暗含凌厲。

因為羅止行的一句話，氣氛變得僵持起來，林晉嘴角緊抿。「說到底，我和你的交集不過是因為這一件事，就算陛下知曉了，我也不會有生命之憂，為何就不能獨善其身了？」

「因為林統領厲害，心存高遠志向，不會只從個人性命去考慮問題啊！」陸蒺藜此時也笑著開口。

冷哼一聲，林晉轉過視線，顯然是不以為然。

「林統領就沒有想過，為何陛下會派人跟著你嗎？」羅止行說完之後，又笑得溫和，親手幫林晉斟滿茶。

思緒不自覺地被他帶動，林晉確實也不明白為何今日陛下會派人盯著自己的舉動？不用多想就知道他心裡的疑惑，羅止行收攏袖子坐好。「因為陛下已經不信任你了，昨日我為你出的計策，只能保你一時無恙，但是陛下對你的戒心不會減少。」

皺起眉，林晉下意識的誤會了。「是你？難道你昨日教我說的話有問題，陛下察覺到了你我見過面？」

「當然不是了，止行才不會那麼卑鄙，陛下這麼做，是因為他壓根兒就沒有打算饒了你。」陸蒺藜搶先替羅止行辯駁，在林晉來之前，她已經知道了昨日的事。

認真地看向林晉，陸蒺藜問道：「你是不是跟陛下自請去職，又舉薦了幾個人，陛下最後還是堅持留你？」

「是。」

「那就對了，陛下只是想了一遭，發現如今禁軍統領一時半刻找不出合適的人選代替你，陛下只好一時妥協，而不是真的無視你和丞相之間的關係，禁軍首領是多重要的位置，他絕不可能冒險讓林丞相的姪子掌這個權。」

耳邊聽著陸蒺藜的話，林晉不由自主地摸著佩刀，臉上的表情還是僵硬的，可心中卻是苦笑。

「所以，他一定會暫時穩住你的位置，等他找到了合適的人，再立馬將你換掉。陛下同你說的那些寬慰的話，也不過是為了安撫你罷了，他根本就不相信你，不然也不會派人跟著你了。」像是看出了林晉的痛苦，陸蒺藜略微放緩了語氣。

長吁一口氣，林晉的拳頭攥了又鬆，轉頭看向羅止行。「可就算是這樣，我大不了就是被免職，荊國公又為何篤定我會幫你做事？」

「因為我清楚，你絕不甘心做一個普通百姓，或者說，你不會甘心因為帝王的猜忌只能做一個普通百姓。」對上林晉的眼睛，羅止行心中有些悲憫，可說出來的話卻是冰冷得緊。

恍若被看透了內心，林晉沈默片刻，又忽地一下笑開。「也許荊國公說得對，我是不甘心，可這樣就會跟著你謀逆造反嗎？我練就一身本事，為的是忠君報國，而非為虎作倀！」

「你到底為的是忠君，還是報國？」羅止行冷笑一聲，步步緊逼。「現在的朝堂什麼樣，你看不清楚嗎？百姓流離失所，官員狼狽勾結，逃難的那些流民，難道你就看不到嗎？」

羅止行的話恍若是一雙手，堅定而有力的想要撕掉林晉面前的遮擋，扯下他耳中的棉絮。林晉面色發白，徒勞地呢喃。「那也只是一時的問題，或許不久之後就會被解決了……」

「不久之後？」玩味地重複著他的話，羅止行猛然收斂笑意。「我記得林統領說，你也曾將我的爹爹視為尊崇之人，那你可知道，我的爹爹是怎麼死的？」

為何會突然說到這件許多年前的舊事？林晉用不著回想，脫口而出道：「當時敵國來犯，羅大將軍臨危受命，苦戰多日後因為寡不敵眾，命喪戰場。」

「呵，是臨危受命，還是被迫送死？是寡不敵眾，還是沒有支援？」縱然多年過去，再說起這件事時，羅止行還是無法按捺心中的憤懣之情，聲音發抖。

感受到了他的情緒浮動，陸蒺藜無聲地伸出手去，輕撫著他的手背。

林晉則是瞬間明白了他的意思，驚訝地瞪大眼睛。「你的意思是，當初羅大將軍的死，是陛下故意為之？這不可能啊？」

「這不可能?那你不妨再猜猜，我爹爹駐守邊境這麼多年，為何這一回的仗打得那麼憋屈，幾乎沒有一場勝仗?」陸蒺藜蒼涼地笑了一聲，回想起聽到的前線戰報。

聽到陸蒺藜的問句，林晉的佩刀握得更緊，手下用力，指尖都泛了白。

是啊，陛下一直重視文官，在這朝堂上，能說得上話的武官本就不多。可將士們心中都有自己的判斷，陸琇的仗打得不對勁，他們都以為是陸琇年紀大了。如今被這樣問，林晉心中有了個荒謬的猜想。

從懷中掏出李公公扣住的信，羅止行推到了他的面前。「林統領自己打開看看吧。」

像是費了很大的力氣，林晉才把那封信拆開。他就像是一個剛學會認字的孩子，跌跌撞撞地把這封信看了三遍，頭嗡嗡作響，信紙緩緩跌落。林晉在心中巨大的震動中，終於認清了現實。

「他怎麼可以這樣!萬千將士，數萬百姓的命，他們竟可以這麼隨意地交易割捨!我大晉，怎麼會有這麼荒謬的丞相!」一把拍響了桌子，林晉站起來，壓抑不住脾氣地高聲怒罵。

淡然看著他的動作，此時的羅止行和陸蒺藜淡漠得像是無關之人，只有青荇無措地眨著眼，擦著被他帶翻的茶水小聲嘟囔。「好好說話，發什麼火啊？」

林晉喉頭滾動了兩下，青白著一張臉重新坐下，拳頭捏得極緊。

「這怎麼可能都是丞相一個人做的呢？若是沒有陛下的暗許，他哪裡來的軍防圖？」再次倒了一杯茶，只是那茶水已涼，不再冒熱氣了。羅止行垂著眼眸，心中像是惋惜，又像是漠然。

林晉同樣注視著自己面前的一盞涼茶，語氣悲憤。「可是我不懂，他到底為何這麼做？那些將士守的不是他的江山、他的子民嗎？」

「他的江山？」像是聽到了一個莫大的笑話，羅止行高聲大笑，腰都快直不起來了。「在他的眼中，現在的江山恐怕只有皇宮和龍椅了吧？林統領，這樣的君，你還是執意要忠嗎？」

咬牙直視著羅止行的眼睛，林晉彷彿是通過他的眼睛，在審視自己的內心。可是無論如何，也無法讓自己說出羅止行想要聽的話。

就像是早就猜到了會是這樣一般，羅止行臉上笑意不減，將剛才那封信重新收好，遞到了林晉的手邊。「我知林統領難以越過自己心中的坎，那不如，就讓我們最後試一次？」

「你這是什麼意思？」盯著他按壓著書信的修長手指，林晉聲音發澀。

鬆開手指坐直，羅止行淡然開口。「應當明後兩日，聖上就會下旨查抄丞相府了，不出意外會讓你們禁軍去。我希望林統領屆時能將這封書信公開，就說是從丞相府中搜出來的。」

心猛地跳了一瞬，林晉心中清楚，這封書信一旦被公開，林丞相的官途就算是徹底走到了頭，能留下他的全屍，都算是帝王開恩。

「林統領不妨看看，你公開這封書信之後，我們的皇帝陛下會是怎樣的反應。」羅止行不躲不閃地迎著他的注視說道。

目光移向那封信，片刻的寂靜中，林晉聽到了自己的心一下一下的跳動聲。也許只是過了一瞬，他終究還是伸出手去，將那封信收到了自己懷中。

「這才是你真正的目的吧？從我的前程抱負，到百姓和將士的悲慘遭遇，再到面前的這封信，荊國公摧毀人心的本事，還真是厲害。」

淺淺勾起唇角，羅止行將自己面前的一盞涼茶拿起來。「到底是我有這樣的本事，還是事實就是如此？林統領，希望你把那封信交出去後，陛下的反應不會讓你失望。」

「呵，你不是就希望我對陛下心灰意冷嗎？」嘲諷地笑笑，不知不覺間，林晉連握刀的力氣都沒有了。他搖晃著站起來。「時間也差不多了，我該回去了。」

將悲惘收藏於心底，羅止行喟嘆一聲。「林統領，茶涼了，就該換一壺。為防眼線，勞駕你繞幾圈回去吧。若是往後要見我，盡可再去找青荇姑娘。」

我才不願意再見他呢！心中小聲嘀咕，但是想到林晉剛才流露出的悲憤，青荇不由自主地放軟了語氣。「每隔五天，我會去今日與你見到的地方採買東西。」

默然朝他們點點頭，林統領抱拳，保持著自己的最後一些風度離開。

視線從青荇身上又轉到了面前的茶，陸蒺藜突然意識到，若是按照如今的進度，羅止行的計劃快要收尾了，可是不對啊，最重要的一部分呢，為何從未見到他有所部署？

「蒺藜？妳在想什麼啊，跟妳說話都沒有反應。」伸手將她眼前的茶盞撤去，羅止行笑問道。

抬起頭來，陸蒺藜望向他沒有任何異常的面容，微微皺起眉頭。「止行，你是不是瞞了我什麼？」

心猛然收緊，羅止行眼睛細微地瞇了瞇，旋即笑開。「妳在說什麼？」

「我就是覺得，好像不太對勁。你既然都開始和禁軍統領接觸了，就說明最後拿下那個位置的時間快要到了，可是止行，軍隊呢？」陸蒺藜沒有絲毫隱瞞，直白地說出自己的疑惑。

藉著倒茶的動作垂下眼眸，羅止行哭笑不得。「哪有這麼快，再說了，我既然是步步瓦解，就不需要大批軍隊入京，妳想多了。」

「真的是這樣嗎……」揉著鼻尖嘀咕，陸蒺藜到底也沒幹過造反的事情，只好將信將疑地點頭。

見他們二人一時無言，青荇才小聲開口。「小姐，我有些不太懂，你們的意思是讓那大個子把丞相勾結金國的證據送出去，他為何會難過啊？」

愣了一瞬，陸蒺藜才反應過來她所說的「大個子」就是林晉，下意識地看她一眼，她頗為惋惜地嘆一口氣。「自己一直信奉的東西轟然倒塌，自然是難過的。」

似懂非懂地點點頭，青荇回想起他剛才是怎麼對待自己的，彆扭地嘟囔。「他那樣冷漠的人，也不會難過很久吧。」

「那妳下次再見到他時，記得看一下他還難過嗎？」陸蒺藜心中好笑，隨口調侃。

青荇卻猛地搖幾下頭。「我才不管他呢。」

也不知道林晉到底都做了些什麼，能把這個丫頭惹得這麼反常。陸蒺藜的目光又停留在青荇的脖子上，雖然淡了許多，但還能看出來紅痕，總歸還是心疼的，從懷中摸出一個小瓷瓶給她。「脖子上的傷還是上個藥吧。」

留意著她們的動作，羅止行的目光觸及到那個小瓷瓶的時候，輕聲笑開。「這個藥瓶，倒是有些眼熟。」

「自然是眼熟的，止行送的東西，我向來都隨身攜帶著。」狗腿地對他一笑，陸蒺藜視線下移，立馬撇起了嘴。「不像你，我送的香囊，都不見你佩戴。」

她真是慣會裝可憐拿捏人的，羅止行忍不住伸手彈向她的額頭。「我腰間掛的玉珮難道不是妳送的？再說了，妳做的香囊實在太過惹眼，大家都會第一時間看著它，我還是自己小心藏起來觀賞吧。」

嘟著嘴坐好，陸蒺藜心中好笑，也難為他能找出這麼個說法，為那著實不太好看的香囊辯解。「好啦，不逗你了，我還有件事得做。止行，我想去見一下寧思遠。」

聞言正了神色，羅止行沒有多想就猜到。「妳是想讓他出面，把林儷給保下來？」

「是。雖說林丞相做的那些事情，她也是受了恩惠，過了奢侈的日子，可是歸根究柢，她也全然不知情，後半生的困苦生活，已足夠對她的懲罰了。」陸蒺藜本來也沒打算瞞他，說完之後又頓了一瞬。「況且，我也不想再多一個前世的陸蒺藜了。」

心尖微顫，羅止行眉頭輕蹙，心疼地撫上她的頭髮。「好。」

不願他再為自己傷懷，陸蒺藜嘻笑著拉下他的手。「那可是事先說好了，你不能再吃醋了啊！」

羅止行被說得一陣惱火，心中暗自後悔，自己前幾日就不該和她戲言說什麼會吃醋的問題，被拿捏著一直念叨。

眼看著羅止行的臉色變了又變，陸蒺藜一陣大笑，抽回自己的手帶著青荇就跑。無奈地搖著頭，羅止行付好錢出來，走沒幾步，跟在暗處的長均就迎了過來。

「爺，你們聊完了？」

「嗯。林晉是武人，對於會功夫的人天生會有著戒備心，若是剛才你也在的話，他便難以放鬆下來。」朝著他點頭，羅止行不經意地解釋了剛才為何不帶著他。

縱然本就沒有多想，聽到了這樣的解釋，長均還是免不了開心，撓著頭笑笑。「屬下都知道，那我們現在回府去嗎？」

「不了，去找蘇遇南。」羅止行卻搖頭，走到了自家的馬車前。如今陸蒺藜不在，他的面容才沈鬱下來，和剛才輕鬆的樣子截然不同。

第十八章

金風樓的生意，總是在晚上才會熱鬧起來，可這幾日，白天也會開張迎客，不過做生意嘛，也沒什麼人會在意，頂多在言談之中調侃幾句。

羅止行剛從馬車上下來，就聽到了樓內的絲竹喧鬧聲，意外的是，這次跟在他身後的長均卻沒有絲毫的不屑神色。直接帶著長均穿過人群，羅止行上了三樓最隱蔽的一間房，在門前深吸一口氣後緩緩推開門。

隨著他的動作，裡面的人紛紛回過頭來看他。都是近四、五十歲的男子，五大三粗，即便是穿著簡單的粗布衣裳，也難掩身上的肌肉。與他們一比，坐在最中間，面色白淨的蘇遇南和羅叔，反倒格格不入起來。

不自覺的，兩邊的人都屏住了呼吸，羅止行整理自己的衣領，鄭重地俯身長拜。

「羅氏止行，拜見眾位叔伯。」

「國公快請起！」

「是啊，看你如今都長這麼大了，將軍一定十分欣慰。」

羅止行的話語驚醒了周圍的人們，他們七嘴八舌地開口，又一窩蜂地上前圍著羅止行打轉，爽朗的笑聲從這些粗獷的漢子們口中發出來，甚至還時不時地伸出手推一把羅止行的身子，查看他的筋骨。

真是些粗人！耳邊盡是吵鬧聲，看著主子被推得七倒八歪還堆著笑的狼狽樣，羅叔心中抱怨一句，臉上的笑容卻是更深了幾分，心中再清楚不過，這一場見面，他們都期盼了多久。

羅止行自然是笑著任由他們動手，等大家的情緒終於稍微緩和了一些之後，才清了清嗓子。「眾位叔伯，我們坐下說。」

「就是，都別吵了，聽國公的！」一個長著大鬍子的男子高呼一聲，似乎他也是有威望的，大家逐漸坐回原處。

讓長均關好了門，羅止行看向出聲的那個大鬍子，笑著問道：「這位莫不是盛伯伯？」

「欸，國公你認得我啊？」盛才聽到羅止行這樣問，立馬眉開眼笑地答，嗓門還是一如既往的大。

「幼時聽爹爹提起過，盛伯伯的特徵倒是從來沒變。」意有所指地看向他的大鬍子，羅止行回道。

盛才聽到後面容一僵，伸手摸著自己的鬍鬚。「是啊，你爹當初最愛打趣的，就是我這鬍子，只是，都十多年沒有再聽到他的聲音了。」

「當初將軍察覺到了那一仗的危險，早先一步把我們這些人派去別的地方，是故意要留我們一條命啊！」有了人開這個頭，在座的幾個漢子也都是忍了好些年，如今見到羅止行，終於再次勾起多年來的心結，神色哀戚地嘆息。

當年沒有跟著羅止行的爹爹上戰場，同樣是羅叔的一個心病，他何嘗不是忍了許久，低下頭來，亦是難掩哽咽。

氣氛一時變得沈重起來，羅止行低著頭，等他們都抒發完情緒後，才苦笑道：「我明白爹爹的心意，赴那必死的戰場，是他身為大將軍要為百姓和大晉負責的態度；而讓眾位叔伯不枉死戰場，也是他身為大將軍要保護你們的責任。」

「只是可恨，這些年來我們兄弟幾人雖然苟活，卻被處處限制！陛下把我們分散開駐守各邊境，幾年不能返京一次，將軍的冤情我們無法洗刷，就連國公我們也無力照拂！」

抬眸看著自己對面的幾張面孔，明明都是陌生的，毫不掩飾的關切卻是那樣真誠，羅止行無法不動容。「幾位叔伯錯了，你們都能好好活著，還惦念著我的爹爹，止行已然十分慶幸了。」

「幾位將軍和國公久未謀面，如今是該好好敘舊，但是時間緊迫，我們還是先商量正事吧。」眼看著大家都變得感傷起來，蘇遇南站出來提醒，還不忘笑著緩解氣氛。「畢竟我這樓裡的生意可是很賺錢的，我總不能一直不去忙生意吧。」

瞬間被他逗笑，盛才笑著看過去。「當初蘇公子派人來找我的時候，我還怎麼都不肯信呢，要不是有著加蓋了國公印章的憑證，我差點以為是皇帝老兒存著壞心把我騙過來，要殺了我呢！」

蘇遇南也是好笑。「原來盛將軍有這樣的疑慮，怪不得您剛來的時候，差點拆了我這金風樓。」

「他就是這莽撞的性子，還真是多年沒變過。」羅叔也忙收斂臉上的哀容，嘲笑著多年未見的老友。

盛才同樣毫不客氣地回嘴。「莫說我，你還不是一如既往地愛哭鼻子？一個大老爺們，也不嫌害臊。」

闊別十數年的擠對，惹得所有人哄然大笑，經年已過，可總有些人的赤子之心從未變過。

羅止行環視一圈大家的面孔，朝長均微微點頭，長均隨即拿來一張地圖，在桌上鋪開。

隨著他的動作，羅止行緩緩開口，語氣帶著沈穩和堅定。「幾位叔伯雖然是秘密前來，但是你們駐守地方的將領不可能不察，再加上你們還帶了士兵，終究難掩行蹤。所以我們的大事必須要在軍報入京前完成，也就是半個月之後……」

對這裡的秘密籌謀毫不知情的陸蒺藜，此時站在寧府大門前，笑吟吟地對守門的小廝說道：「勞駕這位小哥去通傳一下寧大人，陸蒺藜前來拜訪。」

府中書房內，手捧著案卷，寧思遠正對著下屬吩咐。「大災之後往往有疫症，你們還要做好這些準備，多帶些郎中和藥材。除此以外，要維護當地的秩序，謹防有流民暴動，有任何異動隨時給我傳信。」

「大人請放心吧，之前已經安排得差不多了，下官定不辱命。」這些日子跟著寧思遠處理災荒和流民，手下的官員們也是對寧思遠的本領有了見識，此時真心回道。

寧思遠心中也清楚不會再有什麼亂子，卻還是忍不住叮囑。「如今河內的官員恐怕都會被檢查，一時難以給你們支持，你們可要自行做好準備。」

「是，下官明白。」對著寧思遠頷首回道，那官員轉頭看到了門口躑躅的小廝。目光順著看過去，寧思遠平日裡下過令，下人們若不是有事不會隨意來打擾他，見到這樣不由問道：「何事？」

「大人，將軍府的陸姑娘求見。」

隨著小廝的話語，寧思遠神色一怔。陸蒺藜，她為何會突然過來？自己又有多久沒有見過她了？

寧思遠和陸蒺藜的婚約波折，不久前可謂是轟動一時，京城無人不曉，小官一聽，立即識相地對寧思遠拜別道：「既然如此，下官就先退下了。」

「好。」把手中的案卷放下，寧思遠點頭，又吩咐小廝。「送大人離開，再請陸姑娘進來吧。」

領命離去後，屋中就剩下了他一人，寧思遠愣了片刻，又高聲喊來丫鬟吩咐。「去沏一杯溫茶來，再備些糕點。」

跟著小廝走了進來，陸蒺藜一眼就看到了桌上擺著的糕點，依稀記得是和寧思遠在一起時自己常吃的。她勾起唇角，無聲地嘲諷笑笑。

「過來坐吧，妳突然前來，可是發生了什麼事情嗎？」寧思遠也說不清自己剛才為何會有那樣的反應，現下有些侷促地開口。

陸蒺藜也沒有再糾結，坦蕩地輕啜一口茶後，拿起一塊糕點回道：「確實有一件事情，我想請你幫忙。」

她的神色如常，也緩解了寧思遠的緊張。「何事？」

兩三下嚥下糕點，還是沒有止行府上的好吃。陸蒺藜對上寧思遠的視線，略有些討好地笑。「我想請你向陛下求情，把林儷救出來。」

「我和她並沒有男女之情！」急急辯解一句，寧思遠看到陸蒺藜神色的時候，突然自嘲地笑笑。「妳應該也不在乎吧，妳為何找我救她出來？」

看向他的眼睛，其中似乎還暗含著一絲期待。恍惚之間，陸蒺藜心中有了個可笑的猜想，寧思遠並不是沒有喜歡過她，可是對於他的野心和志向來說，這一份喜歡太微不足道了。

毫不知她內心所想的寧思遠，見到她現在發呆的神情，嘴邊不由自主地冒出一個問題。「我一直不相信妳大婚時說的那些話，小藜，妳到底是為何不要我了？」

「因為我惜命啊。」淺淺笑著，陸蒺藜仰頭看著他，說得很是真誠。

寧思遠顯然是沒有相信她所說的，嗤笑一聲。「妳以為我不知道羅止行現在在做什麼嗎？難道妳跟在他身邊就沒有危險？」

「可他絕不會主動傷害我，無論是要用什麼來換。」面前忽然浮現出羅止行的溫和笑容，陸蒺藜的心像是瞬間被填滿，話說得格外篤定。再看向寧思遠時，所有的悵然和憤恨竟是都釋然了。

「寧思遠，再說這些也沒有意義了，我方才看到了你安排去河內賑災的官員，我明白你的能力，你什麼事都能做得很好，止行的大計準備好之後，最後會是你來收網，這些事情我也不會過問。可是林儷，我還是希望你能救她，如今能在陛下面前說話的，只有你了。」

別開頭，寧思遠平復著自己突然煩躁的心緒。「我還是不懂，她與妳私交並不好，妳為何堅持救她？」

「因為她是無辜的，但是現在的朝堂沒有人敢判她無罪，若是沒有人求情，她一定會被牽連而枉死。是我借她的手揭開了她爹爹的罪行，雖說不至於後悔，但我總是有愧的。」

她的眼神無瑕，說出來的一字一句都是發自真心，寧思遠頓了片刻後，輕聲嘆息。「好，我會去做的。」

「得盡快，止行要把丞相販賣軍防圖的罪行公諸於眾了，得在這之前把林儷先救出來。」對於寧思遠最後的同意，陸蒺藜倒是並不意外，她微蹙著眉回道。

呷一口茶，寧思遠起身。「那我換件衣服就進宮去。」

鬆下一口氣來，陸蒺藜起身對他恭敬地行禮道謝。「多謝。林儷對你並不是沒有情誼，由你出面接她出獄，或許她也能稍感慰藉些。」

對於林儷，寧思遠雖說沒有旁的心思，但到底也是存著一分憐惜的。沈思片刻後，寧思遠又抬起頭。「不，接她出獄的時候，妳和我一起去。」

「也好。」陸蒺藜沒有多推辭。「今日打擾你了，那我就先回去了，煩勞你去跑這一趟。」

林儷到底只是一介女子，讓程定開口釋放她算不得什麼難事，寧思遠垂下目光，卻並沒有急著送客離去。「陸姑娘，不論妳信不信，我真的希望妳以後平安順遂、事事喜樂。」

「寧大人的祝福，我焉有不信之理？」俏皮一笑，陸蒺藜索性自己先告辭。「明白寧大人事務繁忙，我就先走了，寧大人再會。」

悵然地看了眼陸蒺藜遠去的背影，寧思遠伸手揉捏自己的眉心，轉身去換上官服。

一切如同他們所料，程定對於赦免林儷一人的決定並沒有猶豫很久，不過隨口調侃了寧思遠幾句，就下了聖旨。

第二日一早，刑部的陳大人就早早等在了大獄門口，來回踱了幾步，看到了幾個人影，連忙迎上去。

除了陸蒺藜和寧思遠，羅止行也一同前來，只是他要見的是林丞相，他親自前來，陳大人也不敢不給這個面子。

陳大人對著他們行完禮，才看向羅止行。「國公，寧大人是奉旨前來的，並不需要避開人群，陸姑娘又是跟著他，只能煩勞您和下官一起繞著走了。」

「聽陳大人作主，您請帶路吧。」羅止行永遠笑意不減，點頭說道。

陳大人也不再拖延，直接上前帶路。轉頭看向陸蒺藜，羅止行對她安撫地笑笑，快步跟了上去。

方一走進大獄，羅止行瞇了瞇眼，沈重的石門隔開了陽光和暖意，冰冷挾著黑暗呼嘯而來。片刻之後他才適應，藉著縫隙中灑進來的陽光和牆邊點燃的火把看路。

「國公小心些。」

等了等他，陳大人才繼續往前，也不知是繞了幾個彎，走到了快到最裡面的地方，陳大人才在一處牢房前停下。

「國公，到了，下官去前面守著，國公請儘量快些。」

接過陳大人遞過來的鑰匙，羅止行客氣頷首。「煩勞陳大人。」

等他提著火把走遠了，羅止行才轉頭看向自己面前的牢房，伸手開鎖。

鎖鏈的聲音完全沒有驚動裡面的人，他面朝著僅有的一扇小窗照進來的一束陽光，眼睛緊閉，頭髮凌亂，身上的衣服無可避免地染著灰，卻還是穿得整齊，帶著鐐銬的手腳隱在暗處。

「林丞相，好久不見。」長吁一口氣，羅止行推門進去。

聽到了他的聲音，林丞相這才緩緩睜開眼，目光落在他身上，平靜的深處暗含怨毒。「荊國公，還真是好久不見了啊。」

「片刻之後，禁軍就要去你的府上搜查收賄之物，他們會找出你和金國交涉賣軍防圖的書信。」羅止行語氣淡漠，直奔主題。

雙目瞪了瞪，林丞相又後靠著坐好，冷笑出聲。「我的書信早就被毀了，荊國公，你覺得我會信你這種小兒的妄語嗎？想詐我，你還太嫩了些。」

也不知是為何，林丞相對著羅止行，總有種高高在上的譏諷和不屑。低垂下眼眸，羅止行看著自己面前的枯草。「書信這種東西，向來是兩方來往，丞相沒有了，可是金國郡主還有啊，你莫不是忘了，許久前我搜查過驛館。」

「不可能，那是李公公搶先一步去查的！」壓根兒不信他的話，林丞相笑得更加大聲。「我告訴你，我現在就算是一時遭難，最多也只是被貶官，我總會回來的，到時候你們都會付出代價！」

一言不發地看著他，羅止行俯身撿起一根枯草拿在手中把玩。

心中突然有些慌亂，林丞相又出聲強調。「李公公可是陛下的親信，他絕不可能跟你聯手，除非、除非是那金國郡主偷偷給了你一份書信，但……不會的，她知道事情的輕重，不可能留下任何證據。」

嘴角笑意繼續擴大，羅止行垂著眼眸，更加認真於手上的動作，枯草還有些韌性，隨著他的動作似乎編出了什麼形狀。

「你為何不說話了？你不就是想要從我嘴裡騙出來，我到底還留著什麼破綻，能坐實我賣圖的罪名嗎？但你休想，所有證據都被我毀了。」說到這裡，林丞相已經有些色厲內荏。

「事到如今，你還有什麼讓我套話的必要？」片刻之後，羅止行抬頭對上林丞相的眼睛。「那封信我也看了，丞相大人可謂是用詞恭敬，對於金國客氣得很呢。你說這封信公布了之後，朝堂官員會如何看待你，還有你的女兒？」

羅止行居高臨下的閒定態度，還有方才沈默的無形施壓，讓林丞相不可避免地著急起來。「你到底要做什麼！」

「我只是想來告訴林丞相這件事而已，順便請求丞相大人，日後的審訊工作還是配合一些的好，不要拖太久。」終於停下手中的動作，羅止行將那枯草折成的小物件擺到了一旁的空地上，仔細看去，竟是一個草螞蚱。

目光在那裡停了片刻，林丞相細細瞇起眼。「就算是你說的都對，我確實難逃這一劫，那我又為何要照你說的做？多拖延一段時間，萬一我就遇到轉機了，或是陛下心軟了呢？」

像是聽到了一個莫大的笑話，羅止行大笑著彈去手上的灰塵。「我剛剛說了，林丞相不只要為自己著想，也要為你的女兒著想啊。」

「你想對她做什麼！」瞬間被激怒，林丞相顧不得身上的枷鎖站起來，怒目看向羅止行。

他的突然靠近，羅止行連睫毛都沒有眨動一下。「不用著急，你的女兒很好，寧思遠求了陛下，在你的罪證被發現之前饒恕了她，現在寧思遠和蒺藜正去接你女兒離開。」

「是接我女兒脫離牢獄之災，還是把她控制在你們手裡來威脅我？」觀察著羅止行不像是在說假話，林丞相心底鬆下一口氣，卻也憤恨地看向他。

莞爾一笑，羅止行偏頭回道：「談不上什麼威脅吧。丞相大人，你心中清楚，就算你真的能掙扎著留下一條命，可迎接你的會是什麼？罷免官職、沒收家產、流放邊地，那樣的日子，或許十幾歲的你能過，現在的你還能過嗎？」

乾澀地嚥下一口唾沫，林丞相眼中劃過些不明的神色。

「林丞相，你所掙扎的也不過就是那樣生不如死的結果，早些認罪伏法，你自己落個鬆快，也為你女兒留個遠走高飛平安一生的結局，不划算嗎？」略有些不耐煩，羅止行輕笑道。

他輕飄飄的一句話，倒是把死說成了一件幸事，林丞相低下頭嘲諷地笑了幾聲，才重新看向他，渾濁的雙目閃過一絲精明。「你這麼急切地想讓我的事情結束，是為了扶持寧思遠在朝堂上的位置，還是另有緊要的事情？」

倏地笑開，羅止行無奈的搖著頭。「林丞相，直到現在，你還有興趣關心我要做什麼？你……以為我真的不知道，我爹爹的死，也有著你的一分力嗎？」笑意一收，這個時候才發現，羅止行的聲音已經冰涼至極。

而聽到了他的這句話，林丞相則是不受控制地退後一步，鐐銬撞擊出清脆的聲音，口中喃喃。「你知道……你原來都知道。」

「當初你不過是剛從地方小鎮來的一個官員，京城之中，哪有你落腳的地方？而那個時候，我那身為公主駙馬又手握重兵的爹爹，是皇帝眼中最大的麻煩，你的一條良計，讓陛下下了派爹爹出征的聖旨，從此以後，你在官場上平步青雲。」低聲說完後，羅止行垂下頭靜默片刻，突然大聲笑道：「不知那個時候你可有想過，當你拋棄一切原則甘願成為皇帝的棋子的時候，也會有成為棄子的一天？」

「可是至少，我比你爹多活了將近二十年。」咬著牙，林丞相回道，聲音艱澀。緩緩收住了笑聲，羅止行沒有動怒的跡象，反而臉上嘲意更盛。「是啊，你這種人都能苟活這麼久，事到如今，也該夠了。」

抬腳毫不留情地踩過那隻草編的螞蚱，羅止行靠近他，聲音依舊溫和。「林丞相，記得我跟你說的，希望你能早些認罪伏法，我們也早安排你的女兒遠走。」

「我要如何才能信你？」緊咬牙關，林丞相臉上的青筋都冒了出來。

毫不介意地退後一步，遠處陳大人似乎已經往這邊走來了，羅止行逕自走向門口，只丟下一句話。「林丞相當然可以不信，可是你現在除了信我，還能怎麼樣呢？」

「我要親自看到她離開大牢！」生怕羅止行就這麼走了，林丞相急切地往前一步喊道。

挑眉看他一眼，羅止行微微頷首，側開身子指向身後。

不遠處，寧思遠和陸蒺藜正帶著一個女子緩步前來，自然是林儷。

從沒想到自己會和爹爹在大牢中相見，林儷走近後停下腳步，可是對上爹爹狼狽的樣子，嘴唇嚅動幾下也說不出話來。

目光從林儷未戴枷鎖的身上，滑向了寧思遠手中的聖旨，林丞相苦笑一聲，不敢看女兒的眼睛。「儷兒，是爹爹對不起妳。我從不願意告訴妳我做的那些事，本是想讓妳無憂的過一生，可終究是不能了。妳要記得，所有的罪行都是爹爹做的，和妳沒有關係，妳要好好活下去。」

「你是我的爹爹，我哪能裝作什麼都沒發生地活下去……你會死嗎？」幾日沒有說過話，再開口時，林儷才發現自己的聲音粗啞極了。

緩慢地抬起頭，看向自己的女兒，林丞相費力地笑。「也許吧，但都是我應得的，只要妳好好活著，哪怕是一直記恨著我，都沒關係。」

「爹爹，你是庇護著我長大、給我錦衣玉食的爹爹，我怎會記恨你？」淚水滑到了腮邊，林儷才發現自己哭了。

沈重的枷鎖，讓林丞相再次抬起手為女兒擦一次眼淚都做不到，他囁嚅幾下嘴唇，不自覺也濡濕了眼眶。

「國公，時間差不多了，您要不要先行離開？」陳大人擔心被他支開的人們回來，往前一步小聲提醒。

「好。」答應一聲，羅止行抬步的瞬間，回頭看了一眼林丞相，微不可察地朝他微微頷首，才匆忙跟上陳大人先一步離去。

冷眼旁觀的寧思遠，此時也轉頭看向陸蒺藜。「我們也該走了。」

心中暗嘆一口氣，陸蒺藜上前拉起林儷。

踉蹌一步，林儷就如同一個木偶般跟著她的動作而動作，心中再清楚不過，這很可能是自己和爹爹的最後一次見面，臉上的淚水因此再沒有間斷過。

等到她終於回過神之後，已經被陸蒺藜他們帶離了大獄，站在一棵樹下，往前一步的陽光亮得刺眼。她恍惚了一下，抬手擦掉自己臉上的淚水，對著面前的三人拜道：「多謝國公大人、寧大人和陸姑娘的救命之恩。」

看向她直到現在還挑不出錯的禮節，陸蒺藜伸手扶她起來。「情緒總要有個宣洩口，若妳實在痛苦的話，就來恨我吧。」

「陸姑娘這麼說，未免太小看我林儷。」避開她的攙扶，林儷一如既往地昂起下巴。「我自小熟讀聖賢書，做錯事的是我爹爹，享受著利益的是我，恨妳做什麼？」

挑了一下眉毛，陸蒺藜收回自己的手，突然想笑。是啊，這個從不肯低頭的，才該是那個京城的天之驕女。

「我在京郊有一處宅子，裡面僕役什麼的都全，林姑娘若是不介意，請先在裡面住一段日子吧。」羅止行站出來，溫和地笑著轉移話題。

依舊不卑不亢地對羅止行拜謝，林儷回道：「多謝國公，往後，我一定償還這一份恩情。」

淺笑頷首，羅止行往前一步招手，等候許久的長均駕著一輛馬車前來，羅止行吩咐他。「你將林姑娘送去京郊的宅子，將她安頓好，若是有什麼缺失的，只管去採買。」

「是，林姑娘請。」

請林儷坐上了馬車，長均才小聲問向羅止行。
「爺，派幾個人看著她合適？」
思忖片刻，羅止行搖頭。「無須太多，外圍派兩、三個侍衛就好，讓那邊的下人們關注她的舉動，暫時不讓她出京城就行。」
長均了然，抱拳離去，片刻後馬車就消失在路的盡頭。
「國公利用人的手腕，也頗讓人欽佩。」似笑非笑地說了一句，寧思遠的目光掠過陸蒺藜。「我還有別的事情，就先走了。」
略有些不耐煩地擺手，等他走之後，陸蒺藜才舔著牙尖嘟囔。「那也比你這種毫無原則和底線的傢伙強。」
「不見得的。」聽到了她的話，羅止行低眉淺笑，方才在獄中面對林丞相壓抑的鬱氣，在瞬間爆發出來，他轉眸看向陸蒺藜。「我能在京城中獨身一人活這麼久，憑的可不是良善恭順，甚至對於你們陸家，我也存過利用的心思。」
抬眼對上羅止行的眼睛，陸蒺藜漸漸收起嘴角的笑意，抿著唇看他。這樣的羅止行，似乎有些自我厭棄。意識到這件事，陸蒺藜上前握住他的手，才發現冰涼得緊。
「止行，你怎麼了，你到底和林丞相說什麼了？」

「即便是這樣的我，滿是陰暗手段的我，妳也還是喜歡嗎？」羅止行並不回答，反而繼續追問。

軟軟嘆一口氣，陸蒺藜摩挲著他的手背，把自己的溫暖傳遞過去。「是，我喜歡你，無論怎麼樣，我都是喜歡你的。若是你真的因為一些目的不擇手段，我或許會阻止你，但我不會停止愛你。」

心尖輕輕顫了一下，羅止行哈出一口寒冰，把陸蒺藜揉進了自己懷中。「我不會的，我絕對不會和他們一樣，湮滅自己的原則和良知，迫害無辜的人。」

「我明白的。」嘴角重新勾起，陸蒺藜撫著他的後背。「到底出什麼事情了？」鬆開她，羅止行牽著她緩步前行，在她的馬車前停下。「當初我爹爹的死，和林丞相也有些關係，我只是來和他說這件事的。」

原來是這樣，怪不得他的情緒波動這樣大，陸蒺藜鬆下一口氣，故意笑著打趣。「嚇死我了，我還以為你瞞著我做了什麼大事呢。」

被她擠眉弄眼的樣子逗笑，羅止行無奈地看她一眼，又同她戲言幾句，才目送著她坐上馬車離開。隨後，羅止行神情一斂，肅容回頭看了一眼大獄的方向。

林晉現在應該已經去覆命了，他的選擇如何，明日就會知曉。

浮雲蔽日，明明都快到了巳時，天色卻還是暗淡的，這樣的天氣，連小販也沒什麼擺攤的動力。路上只見三三兩兩的幾個零星鋪子，青荇手上掛著一個籃子，隨興地在周圍閒逛。

林晉剛走到這附近就看到了她，正有一搭沒一搭地和一個攤販還價。

「大爺，你今日也沒什麼別的生意，就當是討個好彩頭，便宜點賣給我吧。」青荇看向他，皺著鼻子說道。

那老大爺同樣皺著眉頭。「姑娘啊，妳怎麼能說我沒生意呢？而且已經是很便宜了，妳看妳穿著也不是普通人家，何必要和我計較這幾個銅板？」

放輕步子走過去，林晉探頭一看，就見到青荇手中把玩著一個手串，想來是中意這個，也不知自己是怎麼想的，林晉從懷中掏出幾吊錢，全部放到了攤主面前。「這些錢買，夠了嗎？」

「夠了夠了！多謝這位爺！」那攤主生怕他後悔一樣地快速把錢收起，心中盤算這些錢都能讓妻兒今晚吃頓肉了。

青荇不知是他，只當是突然冒出來的一個人要搶買，原本也沒多喜歡這個手串，可有人搶就不樂意了，當即嘟著嘴轉過頭。「是我先……是你？你來啦！」

面前的姑娘瞬間綻放了一個笑容，林晉瞥她一眼，抬腳就走。忙拿著剛才的手串跟上去，青荇下意識地看向他的表情，可林晉一如既往地板著臉，嘴角一撇，青荇把那個手串遞過去。「喏，你買的手串。」

「是給妳的。」斜眼看了一下，林晉並沒有收。

驀然瞪大了眼睛，青荇納悶地嘀咕。「你給我買這個幹什麼？還花那麼多錢，這個做工用料又沒多好。」

「沒多好妳還拿著不放？」

「我就問問價嘛，哪知那麼貴你也買得下手。」

「算了，花那個人的錢，讓他的百姓日子過好一點，也算是值得。」冷哼一聲，林晉轉過頭，嘴角緊繃。

難得聰明一次，青荇明白了他的意有所指，於是將那手串套在腕上，反手從自己懷中掏出幾吊錢。「那也不能這麼算啊，就算這錢出自國庫，可也是你自己的俸祿。」

轉眼看向即便踮著腳尖，也執意要把錢遞給他的青荇，林晉無奈地嘆一口氣，伸手將錢接過來。「妳倒是執著。」

「那是自然了，我家小姐說過的，不能隨便花別人的錢。」青荇理直氣壯地回道，才笑著轉頭看向前面。「走這邊。」

在青荇的一路絮叨中，他們來到一間茶舍前停下。門口負手站著一個挺拔的身影，聽到他們的聲音轉過頭來，羅止行淺笑著看向來人。「林統領，久等了。」

「見過國公。」虛行了一個禮，林晉的雙手隨意垂下來。

笑著同青荇頷首，羅止行說道：「今日煩勞青荇姑娘了，早些回去吧，莫讓妳家小姐久等了。」

不由自主地看了下林晉，青荇才點頭離去。「是。」

「林統領，入內聊吧。」羅止行側開身子，請林晉進去。

這家茶舍的陳設倒是十分典雅，入內之後，處處都散發著竹木的清香，桌椅並不是名貴的木材，卻能顯出風雅。

跟著羅止行坐定之後，林晉才意識到除了他們空無一人。「這裡也是國公的產業吧？像這樣的鋪子，你在京城中有多少？」

低頭吹開茶盞中的浮沫，羅止行輕啜一口，才抬眼看他。「談不上多，但是往日裡探查消息也夠用了。林統領今日出來，倒是一切順利啊。」

「呵，陛下現在巴不得不看見我，他故意尋了個錯處，近乎是把我趕了出來，能有什麼不順利的？說來也可笑，我搜查出林丞相的罪證，最生氣的竟是陛下。」回想今日早朝時發生的事情，林晉面色難看。

毫不意外會是這個結果，羅止行放下手中的茶盞，轉頭看向外面的浮雲。「那丞相大人，是什麼反應？」

「林丞相被押上來看到證據後，也許是知道自己狡辯無用，當即就認罪了。今日由刑部核查之後，應當很快就能定罪。」林晉回道。

得到答案的羅止行靜默了一瞬，若是猜得不錯，很快汪爍就會把這消息告訴蒺藜了吧，只期望她不要看出什麼端倪才好。

「國公，你說得對，我已然看清了前方的道路，我願意跟隨你，如今的朝堂，爛透了。」回想著今日看到那些官員的嘴臉，林晉突然咬牙說道。

轉過頭來看著他，羅止行收起笑意，銳利的目光直看進了他的心裡。「林統領，上次我或許沒有說清楚，這件事稍有不慎，恐會有性命之憂。」

「大丈夫在世，為的是盡己所能，輔佐一明君，創造一盛世，佑護百姓。如今我壯志不能酬，百姓流離失所孤苦無依，我還在乎自己這條命嗎？」林晉攥著拳頭，直對著羅止行的目光。

沒有人能不為這些話動容，羅止行拿起面前的茶杯，舉向林晉。「林統領高義，若是有你在，我們一定更加容易成功。」

「願為國公效犬馬之勞。」雙手接過茶杯，林晉抬頭一飲而盡，一杯茶也喝出了烈酒的氣勢。

抹去自己嘴上的水漬，林晉問道：「那國公是如何打算的，需要我再做些什麼？」

轉身找來一份京城的地圖，羅止行在上面標記了幾處。「我的人馬已經到京城了。林統領身分不同，你能做的，只有在當天牽制禁軍，對此，你可有把握？」

目光隨著羅止行在地圖上的手指而動，林晉沈吟片刻。「禁軍與旁的軍隊不同，直屬陛下管轄，我雖是禁軍統領，但要完全指揮他們行動還是有困難，不過做些牽制還是很容易的。」

「能夠動些手腳牽制禁軍，不使他們有機會出宮傳信就好。」手指輕移，羅止行在標著皇宮的那一處，重重點了兩下。

林晉了然，追問道：「這不難，只是不知，國公打算什麼時候起事？」

收回手指揉搓兩下，羅止行抬頭，眼睛未睬，恰逢一陣風，捲了一片枯葉進來。

「三天後。」

「三天！」驚呼一聲，林晉沒想到會這麼快，冷靜下來之後，垂眼重新看向地圖。「這樣急的話，可得做好準備。」

俯身撿起那一片枯葉，羅止行笑道：「我們已經有了初步的打算，我講與林統領知情吧……」

提著籃子蹦躂回府，青荇剛進院子，就看到陸蒺藜著急地來回踱步，她連忙擱下胳膊上的籃子，上前問道：「小姐，汪大人還沒有來嗎？」

「是啊，我正有些擔心。」

「汪大人從不會失約的，可能一時有事耽擱了。」

「妳已經帶林統領去見止行了？」抿著嘴唇，陸蒺藜目光停在她身上，隨著青荇的動作，手腕上的手串露了出來，她眉一挑。「他看到妳還有那麼不開心嗎？」

還沒看懂小姐戲謔的眼神，青荇嘟著嘴回道：「那個大個子我已經帶他過去了，他就那樣一張臉，沒什麼開心不開心的呀！」

「人家畢竟是禁軍統領，若是心思都讓妳看出來，那豈不是太沒用了。」陸蒺藜提醒一句。「不過他人還不錯，你們若能走到一起，也挺好的。」

明白陸蒺藜的意思之後，青荇立馬紅了臉，不好意思地轉過頭。「小姐妳別胡說，我才看不上他呢。」話音落下之後，卻把手串又往上藏了藏。

陸蒺藜看著好笑，卻也沒有再逗她。都等這麼久了，汪爍怎麼還不來？心中剛說完這句話，一個小廝就步履匆忙地帶著他來了。

「陸姑娘久等了。」尚未站定，汪爍就對著陸蒺藜拜道。

看到他氣都還沒喘勻，陸蒺藜讓青荇先帶著那小廝離開，親自為汪爍倒了一杯茶。「坐下說。」

依她所說坐下之後，汪爍卻顧不上喝茶，急切地前傾身子。「小姐，朝堂上出事了，今日林晉突然把從林丞相府中搜查出來的罪證呈到了百官面前，其中居然有丞相賣國的證據，百官譁然！」

這件事陸蒺藜並不意外，她追問道：「然後呢，陛下什麼反應？勃然大怒？」

「差不多，可給人的感覺，他並不是生氣丞相賣國，而是生氣林統領就這麼把證據呈了上來。」汪爍見她並沒有多意外，心中大概有了一個猜想，才鬆下一口氣來喝茶。

「不過丞相也奇怪，這樣的罪證，他竟然也不辯駁，甚至沒有等進一步的調查，當即就認了罪。」

原本有些漫不經心的陸蓁藜，猛然坐直了身子。怎麼可能，不該這麼快啊！

觀察著陸蓁藜的神色，汪爍明白這是她感興趣的，微嘆一口氣。「丞相這樣做之後，皇帝更加生氣，而且重點是，寧大人被封了左相，前不久才有過一番大變動的朝堂，這下子又不穩了。」

「不只是朝堂不穩的問題，丞相直接認罪，和金國的和談不也就成了一紙空文，邊境也得亂啊！」陸蓁藜努力穩著自己的心緒，明明不該的，林丞相的事情還該再拖一陣子的。

眼前突然浮現出那日單獨去見林丞相的羅止行，陸蓁藜輕咬著嘴唇，握拳站了起來。

「怎麼了？」困惑的看著她的動作，汪爍問道。

轉頭看向他，陸蓁藜語氣焦急。「我有一些事想要去確認，你還有什麼別的事情嗎？」

遲疑地摸了一把自己懷中的聖旨，汪爍最終還是笑著搖頭。「沒有了，陸姑娘要是忙的話就先離開吧。」

「好，這幾日時局動盪，你也千萬要小心。」陸蒺藜不疑有他，囑咐完後來不及帶上青荇，就一人先離去了。

欲言又止的目送她走遠之後，汪燦從自己懷中拿出聖旨，神情落寞地笑笑。

聞訊前來的青荇，只來得及送汪燦離開，看到他面前的聖旨，不由笑著多嘴一句。「這是汪大人的聖旨嗎？陛下可是給你安排了什麼事情？」

「陛下命我為禮部尚書，執掌禮部。」被她驚回神，汪燦將聖旨重新收起來，起身整理衣服。

青荇待他收拾好，隨口感嘆一句。「汪大人是來和小姐說這件事的吧，汪大人現在這麼年輕就身居高位，還子承父業，小姐定是很為你高興！」

「是啊，她很為我高興。」低頭回道，汪燦嘴角滿含嘲意地勾起，與其說是他年少有為，還不如說現在朝堂無人。

在前面帶路的青荇，壓根兒沒有意識到汪燦內心所想，送他出門之後，就蹦躂著回去忙自己的事情。

第十九章

另一邊的羅止行，剛和林晉分開後回到了自己的府中，還沒有來得及走進書房，通傳的小廝就匆忙趕來。

「國公，陸姑娘來了。」

話音甫定，陸蒺藜就衝到他的面前，羅止行上前接住她，先一步開口。「妳也才剛知道林丞相的事情？」

被問得一怔，陸蒺藜疑惑地眨幾下眼睛。「剛知道？我是剛知道，但你之前並不知曉嗎？這不是你暗中施壓的結果？」

「當然不是了。」羅止行矢口否認。「林丞相提前認罪，攪亂了京城的局勢，我尚且都沒有準備好呢。」

將信將疑地看著他，陸蒺藜眉頭皺得越深，覺得有些奇怪，但一時抓不住哪裡不對勁。「那到底是為什麼，林丞相怎麼突然就認罪了呢？難道還有什麼變數是我們沒料到的……」

抬手撫著她的眉毛，羅止行輕嘆一聲。「別擔心，一切有我。往好的想，或許那日牢中，我們讓林丞相和女兒最後一別，丞相是看到女兒無恙，心中已無牽掛，才想圖個爽快，早些結束折磨吧。」

「這樣倒是說得通。」跟著低喃一句，陸蒺藜抬起頭，眼中滿懷愧疚。「當時是我提出來的，讓他們見這最後一面，陰差陽錯成了這樣，都是我不好。」

凝視著她歉疚的表情，羅止行是心疼且愧然的，但是如今為了消除她的猜疑，只好先讓她被這種情緒裹挾。微微斂起唇角，羅止行輕聲安慰。「這事我也是同意的，怎能說是妳一個人的錯。」

「到底是我婦人之仁。」垂下頭，陸蒺藜滿是遺憾地嘆氣。

「蒺藜，這並不是什麼錯誤，只是不小心導致的意外。」抬起她的下巴，羅止行輕笑。「如今我們的計劃被打亂，想辦法減輕影響才是最重要的。」

下意識地拿著下巴蹭蹭他的手指，陸蒺藜問：「那有什麼事情是我可以幫忙的？」

「還真有幾件事非得妳去做才行，跟我去書房吧。」放下手牽住她，羅止行笑得眉眼彎彎，無形中放鬆了許多。

剛一踏入羅止行的書房，陸蒺藜就被一幅醒目的書法吸引過去，一眼看到了自己的狗爬體，陸蒺藜無奈地哭笑不得。「你怎麼把這個掛起來了啊！也太丟人了些。」

目光從那幅字再看向它周圍的梅蘭竹菊圖，羅止行偷笑。「這是督促妳，發憤圖強。」

「你督促我？我看你擺明了就是想讓我丟人吧，掛在書房讓你的客人都看到我的字寫得多醜，我還要臉呢。」羞惱地捂著臉，陸蒺藜心中充滿想要把那幅字取下來的衝動，險些抑制不住。

伸手捏捏她的鼻子，羅止行索性不再掩著自己的笑意。「那就等妳下次寫得好看了，再拿來換我這一幅。其實縱然是妳的字不好，也沒什麼，總歸能落筆在我字旁的是妳，就夠了。」

平淡的一句話，卻惹得陸蒺藜紅了臉，無端覺得心動，卻還是嘴上不饒人地嘀咕。「誰稀罕啊，能落筆在你的字旁邊，我是沐浴佛光了嗎？」

「行啦，來說正事吧。」不再與她調笑，羅止行帶她坐下，口中說著要聊正事，卻還是隨手拿來一盤糕點遞給她。

拈起一塊，陸蒺藜當下就塞滿了腮幫子。

只好又倒一盞茶給她，羅止行才開口道：「丞相賣國的事情暴露，百姓們定然是不答應的，邊境恐怕又要不穩了。如今最好的辦法，就是告知陸將軍這件事情，並且想辦法讓金國暫不出兵。」

吞嚥下自己口中的食物，陸蒺藜拿起茶杯喝完，才嚴肅地看向他。「這些我也想到了，我爹爹那邊不難，他本身也不會願意在這個時候擴大戰爭。但是金國那邊，得如何做？」

「這不難，妳記不記得，我早前同妳分析過，其實金國也不願意發動戰爭，那邊皇帝和攝政王正鬥得如火如荼。所以只要讓他們明白，此時毫無必要礙於面子再次開戰。邊境安穩，京城的事情就算鬧了起來，也不會危及我們的江山百姓。」放緩語氣，羅止行說道。

低下頭沈思片刻，陸蒺藜點兩下指尖，抖落一些糕點碎渣。「你的意思是，從金國郡主蕭明熹那邊下手？」

隨手拿出自己的手帕，羅止行一邊幫她擦拭手指，一邊回答。「不錯，蕭明熹是金國皇帝唯一的女兒，此時一定也已收到消息，只要能同她講清楚這些，讓她從中斡旋一二，這個局勢或許就穩住了。」

「但是現在，你的身分受限，陛下總是或多或少盯著你的，你不能離開京城，只能由我去。」沒等羅止行繼續說，陸蒺藜就搶先講了。

繼續擦去她嘴角的碎末，羅止行笑著點頭。「對，這件事情很重要，又不能三言兩語地通過書信說清楚，最好由妳當面和蕭明熹講清楚。如今沒什麼人注意妳，隨便尋個理由出京就好。」

心中突然感到有些奇怪，但陸蒺藜也沒有細細琢磨。「好，我會盡快啟程。」

「是真的得盡快，明日如何？」不自覺地捏著她的手指，羅止行問道。

更覺得有些哪裡不對，但是對於羅止行的信任，還是讓陸蒺藜妥協點頭。「你說得也是，路途遙遠，是該早些動身。」

「不只是妳一個人去。」羅止行深吸一口氣，眼神越發認真。「邊境的事情，同樣是陛下心中的麻煩。寧思遠今日上朝主要就是在和他說這件事，他會求陛下讓他去邊境，接管妳爹爹的兵權。」

「你說什麼?!」前世敏感的神經，立馬跳動起來，陸蒺藜緊張追問。

抬手安撫地摸摸她，羅止行明白她的擔憂。「放心，並不會真的接管，只是一個藉口讓他去和妳爹爹會合，我不會讓他有傷害你們的可能。」

這才算是鬆下一口氣，陸蒺藜還想要說些什麼，卻又被羅止行搶先一步。

「另外還有一件事，我想妳明日走的時候，不如把林儷也帶出城去吧。」順著他的話想了想，陸蒺藜點頭。「好，畢竟林姑娘現在待在京城也不太好。」就怕百姓的怨憤會突然轉向她發洩。

「如此就好，只是麻煩妳，現在還得去通知她一聲。」淺淺笑開，羅止行抬手輕撫她的臉頰，眼底是深藏的不捨。

陸蒺藜卻錯過了他的眼神，轉頭看著外面的天色站了起來。「若是明日就走的話，我還有東西要準備，又得先通知林儷，那我現在得先走了。」

「好。」嘴上這麼應著，羅止行卻站起身，把她擁在自己的懷中，錯開她的臉，羅止行才敢流露出濃厚的眷戀。

輕嗅著羅止行懷中的味道，陸蒺藜心中同樣生出一絲悵然。「我不會去很久的，等我回來，我們一定會長久在一起的。」

這次卻沒有再搭話，羅止行片刻之後才鬆開她，笑著說：「那也不一定，萬一妳這一趟看上了什麼別的好看的男子，妳也可以和他長長久久。」

「哼，那我可得沿途留意著！」咧著嘴瞥他一眼，陸蒺藜沒有看到羅止行微紅的眼角。「我得先走了。」

「我送妳吧。」還想要和她多待一會兒，羅止行牽著她，一起往門口走去。

天氣已經越發涼了，走到大門口，陸蒺藜剛想要囑咐他回去，就被面前的情景奪走了注意。

一大批百姓們走過，叫囂著要去丞相府，口中是肆無忌憚的謾罵。除了這些憤怒的人，更多的是面黃肌瘦的百姓，穿著帶補丁的褲子，期望能去撿些什麼東西，其中還有好幾個孩子爭奪著手中的一塊餅。

「這！」只是匆忙掃了一眼，陸蒺藜就被羅止行拉回了大門內，她驚訝地看著羅止行。「怎麼會這樣？」

羅止行輕嘆一口氣，京城中的百姓也被壓得喘不過氣了，丞相賣國的事情，自然是一個很好的發洩點，只要能夠暗中煽動，他們製造一些聲勢並不難。

同樣反應了過來，陸蒺藜無奈地嘆氣。「倒也是一幅末世景象了。現如今，林儷的處境就更危險，我想早些去看看她。」

等到外面的聲勢稍小了些，羅止行才重新開門，親自送她上了馬車離開。

站在原地注視著遠去的人群，羅止行卻在心中輕道，還不夠，僅僅仇視一個原來的丞相還不夠，這些百姓的怒火，最好能夠蔓延到京城的每一個大官身上。

「爺，給您。」恰在此時，長均從外走來，遞給羅止行一張小紙條。

拿起來看了幾眼，羅止行轉身把紙條撕毀，沈聲往外。「走，去金風樓。」

「是，屬下去備馬車。」長均應聲離去。

負手站在蕭瑟的街道上，羅止行眼眸低垂，不知道在想什麼。

「這位爺，你算命嗎？」突然面前來了一個道士，聲音很年輕，嘻笑著問羅止行。

「不必了，我不信命。」羅止行抬起眼，說完後側身往一旁避了避。

可那道士卻不罷休，越發靠近他，壓低聲音。「你並不是不信命，甚至你清楚，每個人的命都是早就定好的，你如今在做的，不就是違抗天命之事？」

說得彎彎繞繞，羅止行冷笑一聲。「大師也是什麼得道高人？」

「勉強算是吧。」那道士還是笑嘻嘻地慫恿。「你就算一卦吧，反正我也不要你錢啊！」

徹底逗笑了羅止行，他眼含戲謔地看向那道士，心中也被勾起一絲好奇，想看看這些所謂的天命又要告誡自己什麼。

見到羅止行默認了，那道士立馬興奮起來，把拂塵往旁一甩，隨身拿出五十根蓍草，又單獨抽出來一根。

伸出手指，羅止行隨手把面前的四十九根蓍草分成兩撥。

細細數好了蓍草的數，道士在兩邊各算過一次後，去掉幾根，讓羅止行再分。如此往復幾個動作，等最後只剩下幾根蓍草之後，道士細數清楚，又閉眼想了片刻，才用手指蘸了灰在地上畫出一個卦象。

垂眼看了一下，羅止行的眼睛細細瞇起。

「困卦。」同樣低頭看過之後，那道士依舊笑咪咪地說。「是個凶卦啊。」

想起《易經》上困卦的一句爻辭，羅止行扯動嘴角。「困於石，據於蒺藜，入於其宮，不見其妻。凶。」

立馬誇張地拍兩下手，道士嘻笑著發問。「到底是學富五車的荊國公，您若是熟讀《易經》的話，也不需要在下為你解卦了吧？」

注視著卦象的目光，又落到了這個道士的身上，羅止行險些被氣笑。「你這個道士做的，應該很難賺到錢吧？」

甩了兩下拂塵，道士卻收起笑臉，抬眼看向一邊的街道。「你清楚這是一條極為凶險的路，天地運行，早有法則，你肆意想要打破它，這個後果是你能承受的嗎？」

「這個法則並不是不能被打破，而是從來沒有人能意識到天命是什麼，天命就是那些閒得沒事的神仙，給地上的人畫寫好的一生，就如同豢養的雞犬，規定了他們的從生到死。」

上前一步，羅止行的腳直接踩上了他剛才畫的卦象，語氣淡然，其中的執拗和倔強又不容忽視。

「但人的命運，應該是自己走出來的。就像是在你們畫好的結局上，這個大晉應該再苟延殘喘幾年，可我偏要它不日覆滅。」

當初孟婆不過從黃泉放回去了一縷遊魂，如今卻能惹出這麼多事端。良久沈默之後，道士才悶聲笑開。「到底是癡人，螳臂當車的事情，也要去做。」

「也許是螳臂當車，也許是千里之堤潰於蟻穴。」長均已經趕著馬車來了，羅止行抬腳往那邊而去。「我去做我的螳螂了，高人慢走。」

「等一下！」誰知那道士又突然叫住了他，伸手遞過去一根白玉髮簪。

詫異地接了過來，羅止行將那簪子上下打量，看起來很是普通，成色算不上好，樣子也沒什麼特別的。「這是何意？」

「留著吧，天上地下的癡人，又何止你一個。」說完之後，道士直接轉身，朝著另一條路而去。

捏著那根簪子，羅止行一時間有些失神。

「爺？」察覺到了他的異樣，長均上前問道。

「沒事，走吧。」抬手將自己髮髻上原本的簪子解了下來，把道士剛才給的白玉簪戴了上去，羅止行抬腳上了馬車。

坐穩之後才發現，剛才自始至終，他好像都沒有看清楚那個道士的臉龐。

一陣風吹來，把地上畫的卦象吹散了，消散無蹤。

一路匆忙到了金風樓，這段時間，曲江邊的店家突然變得沈寂起來，甚至有幾家都緊閉著大門。羅止行來回掃視一眼，轉身走進金風樓。金風樓也不復從前的熱鬧勁了，就連姑娘們似乎都少了很多。

「止行，你來了。」剛提著一個茶壺出來，蘇遇南就看到了他，打招呼道。

目光落在他的手上，羅止行笑著搖頭。「難得見你沒有喝酒，如今堂堂蘇大公子，都得自己來燒茶了？」

聞言不免白他一眼。「還不是因為你們這些人讓百姓民不聊生，我好好的生意做不成，就把那些信不過的姑娘們遣散了。」

跟著他去了另一旁的茶水間換了一壺水出來，羅止行追問道：「都安排好了？」

「放心吧，那些將士們都安頓好了，只等你的最後信號，百姓之間的流言也在擴散中。」也沒有多少嘻笑的心思，蘇遇南拎著茶壺往回走。

羅止行眉頭微鬆。「這樣就好，你做事，我一向是放心的。」

「哼，說得像是你不放心就不會讓我做事似的。」蘇遇南輕嗤一聲，走回原處時抬手想要推門，卻又停住。「對了，裡面的人是誰你知道吧？」

點兩下頭，隨著蘇遇南推開門，羅止行進去之後恭敬行禮。「李公公，煩勞你出宮來找我，陛下沒有起疑吧？」

「國公快請坐。」雙手扶著羅止行坐下，李公公微笑解釋。「陛下今日發過一通火之後，就回後宮去了，也不太需要老奴侍候。而且今日是我的生辰，陛下早就准了我出宮，也算是借了這個好機會，只是等會兒說完，我就得去早前定好的酒樓。」

羅止行一怔，略有些愧疚。「倒是不知，今日原來是李公公的生辰嗎？」

「不過是當年入宮需要憑書，隨意寫上的一個日子罷了，窮苦出身的人，誰會記什麼生辰。」李公公擺手，說得毫不在意。

蘇遇南這個時候卻安靜得很，給兩人倒著茶。

眼尾掃了他一眼，羅止行才又看向李公公。「那這次公公匆忙來找我，是有什麼事嗎？」

「是，我懷疑，陛下被人下毒了。」直視著他們，李公公沈聲說道。

立時驚訝地抬起頭，羅止行轉頭下意識地看向蘇遇南，卻看到他的目光有些躲閃，不露痕跡地收回自己的視線。「李公公為何會這樣說？」

「近日陛下時而心悸時而頭疼，也比之前更加煩躁，這是過去從未有過的情況，找了太醫來看也看不出什麼。我暗中留意著，陛下的起居飲食未曾有異常，平常使用的熏香也如常，可我就是覺得不對勁。」李公公回道。

沈思片刻，羅止行若有若無地看了一眼蘇遇南。「下毒的方式有很多種，查不出來的毒更多，公公在宮中多年警覺異常，既然覺得有異，其中必定有問題。」

「我知道是怎麼回事。」長嘆一口氣，蘇遇南端正了身子。「天下並非沒有無色無味無痕跡的毒，若是我猜得不錯，毒是下在了熏香裡，點燃的時候不影響香味，毫無戒心的人染上了煙霧，就中毒了。至於為何太醫查不出來，有可能那也不算是毒，而是草藥。」

蘇遇南的話，倒是讓李公公恍然大悟。「這倒是完全說得通的，往日裡也聽說過這種想法，倒是我一時沒有想起來，真是年齡大了。」

「並非是公公年紀大了，他之所以知道得這麼清楚，恐怕是認識背後下手之人。」羅止行寬慰一句，可是轉眼看蘇遇南的時候也是有些不忍心。

「你可別這樣看我，既然猜出來了，就說吧。」蘇遇南別過頭。

對上還有些不解的李公公，羅止行開口。「可能是南婕妤。」

「什麼！不可能是南婕妤，她平日裡的表現沒有任何反常，而且一直很關心陛下……」話還沒說完，李公公就想起來，她身上經常有一股香味，平日裡也喜歡用香爐熏衣服。

苦笑著端起茶杯，蘇遇南點頭。「她曾學過醫術，平日裡又喜歡鼓搗做飯，炮製香料並不難。」

「原來是這樣。可是，為何南婕妤要給陛下下毒，莫非她也是國公你們的人？」看向羅止行同樣困惑的眼神，蘇遇南長嘆一口氣。「止行，你可還記得，你我曾聊過的皇后？」

「自然記得，皇后的遭遇值得噓唏，她與南婕妤有關係？」

無奈地笑了笑，蘇遇南攤開手。「某種意義上來說，她是為了皇后娘娘而活。就連我，在她心中也許也沒有那麼重要。」

自覺地忽略了後一句話，李公公抬起頭。「皇后娘娘和南婕妤相差近十歲，她們的交集是什麼？」

「皇后娘娘嫁給陛下之前，一直在南杭老家，南婕妤是她的鄰居，一直跟著這個大她十歲的姊姊玩。後來家中因為一些麻煩發生變故，她成了孤女，也是皇后娘娘把她安排到尼姑庵養著，還給她留足了錢。」

這下一切就解釋得通了，羅止行說道：「所以她離開你進宮，其實是為了給皇后娘娘報仇？」

「更準確地來說，是她在入宮之前意外遇見了我，又因為傷病在我這裡停留了一陣子。沐風認定了是陛下害死皇后，從一開始就是為了這件事才進京的。」下意識地叫出南婕妤的名字，蘇遇南怔了怔。

眼下明白了一切，李公公嘆道：「沒想到南婕妤也是這樣有義氣的，若是如此，也就沒有什麼好懷疑的了。宮中目前一切如常，只是因為陛下身子不適，經常發火，現在幾乎很少願意帶隨從。」

眼看蘇遇南臉色還是不好，羅止行便先不再管他，逕自跟李公公講自己的全部計劃，並給他安排一些事情。

聊完之後，一刻鐘都過去了，李公公起身打算要去酒樓。

「公公且慢！」方才一直失神的蘇遇南卻突然出聲喊住他。「我們行動的日子，能否請您先一步告訴南婕好？」

轉頭看一眼羅止行，見他並沒有什麼阻止的意圖，李公公便對著蘇遇南淺淺一笑。「好的，我會想辦法讓南婕好知道，好讓她有所準備。」

「多謝公公。」恭敬地對著他長拜，蘇遇南親自送李公公離開。再回來的時候，就見羅止行坐在方才的地方垂眸思索，偏頭一想，蘇遇南坐在他旁邊不語。

察覺到了他的存在，羅止行慢吞吞開口。「明日，蒺藜就要跟著寧思遠去邊境了。」

「嗯，我知道，不是你早就安排好的嗎？後日凌晨，便是我們行動的時間。」臉上又掛上一抹玩世不恭的笑意，蘇遇南說道：「早說好了，我可是不會跟著你們打打殺殺的。從明日開始，我就躲進這小樓。」

壓根兒不相信他會按照所說的做，羅止行瞥他一眼，卻也不拆穿，仰頭喝完面前的茶之後站起來。「我再去看看那些弟兄們，跟幾位叔伯叮囑幾句。」

「走好了您！」隨即躺了下去，蘇遇南習慣性地想要從腰間撈酒，卻也只是一場空，失神喃喃。「國公大人，這是我最後一次叫你國公大人了吧。」

腳步微頓，羅止行沒有搭話，打開門朝外走去。寒風席捲而來，吹起了他的衣角，又很快消散無蹤。

到了晚上，竟是淅淅瀝瀝地下起了秋雨，寒氣越發逼人。雨滴落在石板上的聲響，吵得人心慌，也不知道那些沒有睡著的人，是不是因為被吵得心煩意亂而無法入眠。

第二日一早，青荇推開陸蒺藜房門的時候，就見到她又坐在鏡前，恍惚之際，還以為是回到了那日大婚鬧劇的第二日。

甩甩頭，青荇抿著嘴唇上前。「小姐，我來幫妳梳妝吧。」

「好。」從鏡子裡看她一眼，陸蒺藜勉強笑著回答，心中不知為何有些不安。

走過來的時候，青荇的目光不由自主地看向另一邊收拾好的包裹，給陸蒺藜梳頭的動作也沈穩得緊，並沒有像往常般咋咋呼呼。

意識到這一點，陸蒺藜主動開口。「府中的一切都打點好了？」

「小姐放心吧，等我們走後，將軍府會緊閉大門，不再和任何人來往，留下管事的都是靠得住的老人。」青荇一面答，手中的動作卻沒有停。

默然點點頭，陸蒺藜眼看著最後束好了頭髮，才起身。「讓同去的侍衛們準備好，該出發了。」

「是。」

青荇帶走行李，自己先去叫人。

陸蒺藜沒有等她，而是一人先沿著院子裡的小路走，慢慢朝著大門口接近，一路上低頭盯著自己的腳尖。走到大門之後，她才長吁一口氣，緩緩打開木門，隨著木門的打開，擋在外面的陽光直接照在她的臉上，一夜的雨過去，今日倒是好天氣。

瞇著眼適應了一下，陸蒺藜才抬腳出來，看到前面站著一個人，逆著光尚未看清楚臉，她直覺叫道：「止行？」

手上拿著一件披風，羅止行含笑打量著她。

「你是什麼時候來的？來了也不進去！」陸蒺藜直到站在他面前，不安的感覺才消散。

「也沒有多久。」其實天還沒亮的時候，羅止行就站在這裡了。忍著雙腿的痠麻，他上前一步把披風給她穿上。「天氣越發冷了，邊境更是寒涼，要穿厚一些。」

乖巧地任他幫自己繫緊領口，陸蒺藜回道：「厚衣服都帶了，你放心吧。」

「從一見面就在給我惹麻煩的人，怎麼可能放心？」故意帶著嫌棄捏捏她的鼻尖，羅止行笑著說。

立馬想到了他們第一次見面的情景，陸蒺藜也噗哧一聲笑開，拉住羅止行的手歪頭。「兄弟，你想揚名立萬嗎？」

這次總算是有了回答的時間，羅止行輕輕一笑。「我從不想揚名立萬，只想種幾畝地，娶妻生子，過平凡日子。」

陸蒺藜聞言低頭莞爾，上前一步抱住羅止行。「好，我回來就陪你過這樣的日子。」

拍拍她的後背，羅止行心中的酸澀已經按壓不住，卻還是要裝著一切如常。「你們等會兒去接了林儷，就直接在城郊等寧思遠的大軍？」

「嗯，陛下也真是不客氣，派了那麼多人馬給他。」

羅止行無聲輕笑，鬆開陸蒺藜後，轉身把長均叫了過來。「讓長均跟妳一起去吧，路途遙遙，有他護著妳我才放心。」

這個時候，青荇也麻利地帶人準備好了一切，在馬車邊等著陸蒺藜。轉頭看他們一眼，陸蓁藜又回頭看向上前的長均，立馬被他逗笑。「止行，你還是不要讓他跟著我去吧，看他什麼時候紅過眼眶啊，這是多捨不得離開你？」

「他哪裡是捨不得我，分明是捨不得自己的媳婦，明明昨日都讓他回去過了。」聲音含笑看過去，羅止行望向長均的目光卻頗有些警告的意味。

立馬繃直了身子，長均回道：「是國公說的原因，我只是捨不得妻子。但沒事的，很快就回來了，我願意一路上保護陸姑娘，保證不讓她出意外。」

「怎麼回個話還跟立誓似的呢。」陸蓁藜笑著搖頭，眼尾瞥到青荇欲言又止的樣子，才抬起眼眸眷戀地看著羅止行。「該走了，還要去接林儷呢，不能誤了跟寧思遠會合的時辰。」

喉頭滑動兩下，羅止行鬆開手，臉上慢慢浮現出一絲笑意。「好，妳去吧，我看著你們離開。」

陸蓁藜點頭，向青荇那邊走了兩步，又飛速轉身回到羅止行身邊，踮腳在他唇邊落下一吻。陸蓁藜眉眼含笑，和那些與心上人離別的姑娘沒有絲毫區別，靠近他的耳邊道：「我走啦，等我回來。」

強忍著維持住自己的笑意，羅止行在她再次轉身的時候，手微微往前探了一點，像是要抓住什麼似的。

可是他的動作幅度實在太小，除了恰好在此時經過的長均，沒有一個人看到他的動作。而這一次轉身的陸蒺藜，也沒有再回頭。

幾輛不起眼的馬車，朝著城郊的方向而去。

等到車馬帶起來的煙塵都消散了，羅止行才重新收回視線，孤身往另一條路而去。

很快到了林儷暫住的地方，昨日得到消息後，林儷就已在收拾，現在已準備好了等在門口。

匆忙從馬車上下來，陸蒺藜讓長均去把她的行李先放好。「林姑娘，我們該走了。」

「等一下。」林儷卻又叫住她，對著原來丞相府的方向，紮紮實實磕了三個響頭，這才重新站起身。「多謝陸姑娘願意幫我出城，我們走吧。」

明白她是在跪拜自己的爹爹，陸蒺藜暗嘆一口氣。「林丞相的屍體，止行他們會想辦法的。」

「不用想辦法了，人都死了，什麼都沒了。」林儷眼眶微紅，說出來的話卻是冷靜的。「這個時候，就沒必要再給你們惹麻煩了。」

陸蒺藜動了幾下嘴唇，最後還是什麼都沒說，叫來一個小丫鬟，扶著林儷去了給她準備好的馬車。

此後便沒有再耽擱，他們一行人到了城門口等待寧思遠的人馬到達。很快的，兩方會合之後，朝著邊境走去，只是人馬一壯大起來，自然也就拖慢了速度。

到了晚上，寧思遠顧忌著陸蒺藜等人過於勞累，也沒有讓隊伍繼續行進，反而選定了一個樹林休整起來

「給，吃一點吧。」找到陸蒺藜的時候，她正圍著一個小火堆吃著帶來的糕點，寧思遠拿著伙頭兵剛烤好的雞遞給她。

鮮嫩的雞肉冒著濃郁的香氣，都遞到自己手邊了，哪裡還有客氣的道理。陸蒺藜樂呵呵地道謝接了過來，又叫來了青荇、長均和林儷。

找來乾淨的盤子，陸蒺藜直接拿手分開雞肉，想來是用心做的，肉很軟爛，輕輕一掰就能離了骨頭，隨著她撕扯的動作，還能看清楚冒出來的汁水。

分好之後，先拿起腿遞給林儷。「林姑娘，行軍趕路不比在家，將就吃一點吧。」

嘴唇嚅動幾下，除了小時候不懂事，林儷何時直接拿起雞腿啃過，一時不知該怎麼

辦。可雞肉的香味是不客氣的，直接蠻橫地衝進鼻子裡，勾得她肚子都響了起來，不由更為羞澀。

「快吃吧，別端著了。」陸蒺藜跟她坐得近，聽得清楚，臉上笑意更甚，又往她面前遞了遞。

羞惱之下，林儷反倒是釋然了，從懷中拿出自己的手帕，小心接過雞腿，慢條斯理地吃。

又給青荇和長均分了肉，陸蒺藜拎著一個雞翅膀，正打算張口咬，轉眼就看到了一直盯著她的寧思遠。訕訕地合上嘴巴，把雞翅膀往他的方向遞過去。「你吃？」

「不用了。」下意識地往後一躲，寧思遠被她逗笑，明明自己饞得不行，還要假裝大方。

果然他的話音一落，陸蒺藜就立馬把雞翅拿了回去，直接把最嫩的一塊肉咬了下來，生怕他後悔似的。

看著陸蒺藜鼓起的臉頰和嘴邊的油漬，寧思遠突然心思一動，探究地問她。「妳就不好奇，妳不在京城，羅止行會做什麼嗎？」

納悶地瞥他一眼，陸蒺藜兩口吞下肉。「有什麼好奇的，反正他總不會害我就是了。」

「那萬一，他是想做一些獨自赴險的事情呢？」寧思遠不假思索，脫口而出地問道。

「寧大人！」長均突然抬起頭來，朝著寧思遠喊道，隱約有些不滿的意味。

陸蒺藜皺起眉，來回在他們之間看了一眼，狐疑地追問道：「什麼意思，你們是有什麼事瞞著我嗎？」

立馬遮掩地低頭啃著自己手中的肉，長均胡亂回道：「我不知道，就是聽寧大人這話不好，我家國公才不會赴險。」

勉強算是個合理的解釋，陸蒺藜又轉頭盯著寧思遠。「你剛才的話是什麼意思，你知道什麼嗎？」

「你們倆的事情，我能知道什麼？」寧思遠卻直接站起身，嘲諷一句。

不知道他為何突然發脾氣了，陸蒺藜莫名其妙地瞪他一眼，低頭看向自己手中的骨頭，卻沒什麼繼續啃的念頭，自顧自琢磨。

走了幾步的寧思遠卻又回過頭來，眼神複雜地看著陸蒺藜的背影，心中輕道：陸蒺藜，這世上能為妳做這些的，恐怕也只有羅止行了。

仔細想了半天，也沒有發現不對勁的地方，可陸蒺藜心中的疑惑偏生就被勾了起來，怎麼也壓不下去。

「妳怎麼了？」林儷看到了她緊鎖的眉頭，猶豫著問道。

勉強壓下心中的感覺，陸蒺藜笑著看她。「沒什麼，應該是我想多了。對了，妳打算以後做什麼？」

自嘲地笑笑，林儷看向遠方。「我還能做什麼？先跟著你們往前走，等遇到了一個看得過去的鎮子，就到裡面找份活兒，慢慢住下來吧。」

即便這樣說著，陸蒺藜也看得出來她心底的迷茫，可是以林儷的性子，現在也絕對不肯接受她的幫助。「這樣也好，過過普通人的日子，說不定更有樂子呢。我記得妳的繡工很好，或許可以在繡坊找……」

話沒說完，陸蒺藜就訕訕地住了嘴，尷尬地低下頭。林丞相的敗露就是因為一幅繡作，如今再提起，不正是在人家傷口上撒鹽嗎？

「繡坊也好，來錢快，也是招女工的，正像妳說的，我也擅長。」林儷卻沒有在乎，反而接著話說道：「只是也可笑，當初為了所謂的賢良淑德學的東西，如今倒成了傍身之技。」

此時神色才自然了一點，陸蒺藜彆扭地轉移話題。「嗯，對了，妳還吃雞肉嗎？」

笑著搖頭，林儷也沒有想到自己會和之前那麼討厭的陸蒺藜聊起天。從被抓進牢中開始，她就有著滿腹的心事，卻無人可以述說，如今就要離開了，向來不對付的陸蒺藜卻成了一個很好的傾聽者。

「妳知道我爹爹在當丞相之前，是做什麼的嗎？」

沒有想到她會說起這個，陸蒺藜擦乾淨自己的手，坐直了身子搖頭。

意識到兩個小姐可能要聊些私密話，青荇先笑著站起來。「小姐，我去找點乾淨的水吧。」

「好。」

笑著拿來水壺，卻發現長均還跟個愣頭青一樣地坐在那裡吃東西，青荇看得無奈，親自上前把他拽起來。「我怕黑，你跟我一起走吧。」

被拽起來的時候，長均手上的肉還沒有吃完，偏偏嘴裡的肉也沒有嚥下去，說不出話來，只好支吾著被她帶走。

含笑看著他們，林儷的眼中突然浮現些許羨慕的神情。「有他們這樣陪著妳，也是有趣的吧。」

不好意思地摸著頭，陸蒺藜回道：「有趣歸有趣，也是挺心累的，不過我之前比他們更鬧騰。對了，丞相原來是做什麼的啊？」

「是一個小官。聽爹爹說，那個時候他剛從地方到京城，只能住在一個很小的房子裡，身邊的僕役也只有一個，冬天買不起棉鞋，時常能凍出口子。」抬頭看著黑色的天空，林儷嘴角有一抹淡淡的笑意。

「可是不知道他怎麼做的，突然，他就得了陛下的青眼，一路仕途順利，很快把才三歲的我和娘親接了過來。娘親身體不好，路途奔波又水土不服，到京城沒多久就病故了。從那以後，都是爹爹親自教導我。」

眼睛有點酸，林儷抬手揉了揉。「可是再後來，爹爹官位越做越大，也就沒功夫教我了，他只能給我請很多很多最好的先生。所以那天在宮中，你們說我的爹爹貪污的時候，我真的沒有想到什麼不對勁的地方。但是在牢中的時候，我想起了很多被我忽視的細節，家裡總是鎖起來的地方，總是諂媚含笑到來的陌生面孔，總是突然多出來的精美物件……我那時才知道，不知不覺中，爹爹在那條錯誤的路上已經走很久了。」

夜幕下，林儷的眼睛很亮，閃著不易察覺的水光，陸蒺藜伸手拉著她，故意咧著嘴笑。「是啊，那個時候妳用的東西最精緻昂貴，我們都羨慕得很呢。」

「我可不信，在妳心中，一個芙蓉玉的雕花鐲子也比不上瞄頭準的彈弓吧？」毫不客氣地拆她的臺，林儷也低頭笑笑。「妳總是和京城中的姑娘們不一樣，我有的時候甚至想過，我兩、三歲在鄉間的時候，是不是也像妳這樣胡鬧。」

皺著鼻子，陸蒺藜小聲抱怨。「我那是率性活潑，怎地胡鬧了？」

不理會她，林儷繼續自顧自地說：「我在獄中明白過來的時候，竟然有些理解爹爹的做法，他經常向我提起曾經過過的苦日子，言語中的抱怨藏不住，爹爹他，是窮怕了。所以他要一步步爬到最高的位置，不擇手段地得到地位和財富。我知道，妳心懷愧疚，覺得利用了我。」

夜色中看不清人的臉，反而讓人變得坦誠起來，林儷反手握住陸蒺藜。「可我的爹爹，何嘗沒害過你們陸家，這次更是害了那麼多將士。」

同樣低下頭，陸蒺藜閉眼嘆氣。「這都是他做的錯事，如今他也付出代價了，都過去了。」

「我明白，可說來不怕妳笑話，我雖然清楚知道他做了十惡不赦的錯事，但還是忍不住想，如果我當初沒有拿出那一幅貢品，也許他就不會死了。也不知道他在心底深處，有沒有怪我這個女兒。」

人不就是這樣，道理明白得再多，心中千般感情還是放不下。陸蒺藜認真地搖頭。「他不會怪妳的，他是見到妳無恙了，才放心地認罪赴死，他是最愛妳的。」

本來含著淚的林儷，聽到她這麼說，突然神情有些複雜起來。「妳，是這麼想的？」

「當然了！」陸蒺藜還以為她是在找自己求證，認真地回道。

抬手擦去臉上掛著的一滴淚水，林儷咬著嘴唇又鬆開。「我以為，妳知道的。」

「我知道什麼？」這話倒是把陸蒺藜說了個一頭霧水，詫異地問道。

搓了幾下衣角，林儷心中也是奇怪。「陸蒺藜，我的爹爹不可能因為見了我安然無恙，就安心赴死的。他能夠從一個小官做到丞相，他的心性可不是這樣的，他定然會想方設法地活下來，東山再起。」

手心一緊，陸蒺藜繃起嘴角。「妳是什麼意思？」

「縱然是我的爹爹愛我，他也不可能就這麼輕易去死的，除非是有人拿我的命逼他。」察覺到了陸蒺藜的情緒，林儷語氣中多了絲小心。「比起妳說的那個理由，我更相信是荊國公做了什麼，但他應該不會瞞著妳才是。」

眼睫眨動，陸蒺藜慌亂的轉著眼珠，乾澀地吞嚥口水。她的直覺沒有錯，是有什麼事情發生了。猛地一下站起來，陸蒺藜握起拳頭，指甲扎得掌心生疼。

恰在此時，長均和青荇回來了，青荇笑著跑過來。「小姐，妳們聊累了吧，我給妳們倒水喝。」

「長均，你去把寧思遠叫來。」陸蒺藜聲音冰冷，直接吩咐長均。

不知道發生什麼了，錯愕地愣了一瞬，長均才領命而去。

「小姐……」青荇則是感覺到了陸蒺藜的情緒波動，想要上前說些什麼，卻被林儷拉了過去。

目光死死盯著長均方才離去的方向，陸蒺藜隱在袖子裡的手，抖得不成樣子。

「長均說妳找我，怎麼了？」匆忙而來，寧思遠就看到她站著，皺眉問道。

「寧大人，你知道我要去做什麼，對吧？」

問的都是什麼莫名其妙的問題，寧思遠眉頭皺得更深。「妳不就是要去金國找蕭明熹，讓她說服金國按兵不動嗎？」

「為何不是你，或者是你派人去？明明你也要去邊境，你來設法交涉更不引人注目，更何況這樣能和金國的人聯繫，對你不是更有利？」

倏地攥起拳頭，寧思遠一時間答不上話。

陸蒺藜也不管他，直接往前一步。「更重要的是，明明你就是去邊境穩住大軍的，你是代替皇帝，做的就是讓兩國不起戰爭的事，又為何要多此一舉，讓我也去？」

拳頭一下鬆開，寧思遠模糊地看著她的臉頰。「妳知道了？」

「他要發動叛變了。」平靜地說出這個結論，陸蒺藜狠狠一笑。「你看，多簡單就能想通的漏洞，可我從沒想過，我不信他會跟我玩些彎彎繞繞的事情。」

眼下最驚訝的當數長均，他不敢相信地瞪大眼睛。「陸姑娘妳怎麼突然發現的？」

「不突然，比你們晚了好久。」愴然一笑，陸蒺藜低下頭，默然良久。

心知陸蒺藜眼下一定怪著羅止行，寧思遠卻想要為他辯駁。「他只是想要保全妳的性命，妳走了，就算他失敗了，妳也不會有危險。我不知道具體什麼原因讓他決意叛變，但他從頭到尾做的，都是為了妳。」

滿含嘲意地笑了笑，陸蒺藜不再管他，轉頭看向長均。「你去找兩匹馬來，我們回京。」

「陸蒺藜！妳非要在這個關頭使性子嗎？」沒等長均行動，寧思遠先捏住她的胳膊，大聲質問。

轉動手腕掙開他，陸蒺藜面色冷然。「我沒有胡鬧，我要回京。」

臉色難看至極，寧思遠不同意地搖頭。「他只是想要妳平安。」

「可我沒有辦法心安理得地接受，別人拚了命給我換回來的平安。寧思遠，你不懂我和他之間的事情，我必須回去。」聲音堅定，陸蒺藜轉頭看向長均。「你快去！倘若你也攔我，那我就只能一個人回去了。」

從被送到陸蒺藜的身邊開始，長均就沒有停止過憂心，如今陸蒺藜都明白了一切，他自然也決意要遵循本心。「好，屬下去借馬，陸姑娘稍等。」

「真是胡鬧！」低低罵了一聲，寧思遠咬牙。「我也不想懂你們之間的事情，但妳要是去了，生死隨妳。」

稍微放緩了語氣，陸蒺藜定定看著他。「寧思遠，我知你在擔心我，但我有自己一定要走的路。」

「妳想多了，妳不過是我早就退了婚的人，妳走生路還是死路，我都不擔心。」板著臉，寧思遠控制不住脾氣地冷嘲熱諷。「只是妳平白走了，我還要派人去金國做妳該做的事，徒增我的麻煩罷了。」

馬蹄聲從遠及近，陸蒺藜看到了林儷和滿眼憂慮的青荇，突然說道：「若你一定要找個人去金國的話，讓林姑娘去吧，她和蕭明熹也是舊識。至於青荇，對不起，我這次實在沒有辦法帶妳一起回去了。」

「小姐放心，青荇都明白的。我可以跟著林姑娘，一路照顧她。」青荇往前一步，縱然再擔心，也明白這個時候不該再添亂。

突然被安排了差事的林儷，則是慌亂地抬起頭。「我不行的！」

長均已經把馬帶了過來，陸蒺藜不再耽擱，直接翻身上馬，高揚馬鞭。「妳如何不行？妳是大晉京城最優秀的官家小姐，青荇就拜託妳了。」

話音未落，馬鞭就甩了下來，烈馬嘶鳴一聲，四蹄狂奔，只留下陸蒺藜最後的話音，迴盪在空氣中。

狠狠閉了下眼睛，寧思遠飛快叫來自己的十幾個親兵，命令他們跟上陸蒺藜。

第二十章

獵獵寒風呼嘯在耳邊，長均催動著馬匹，時不時看一眼比自己超前半個頭的陸蒺藜。她身體低伏，嘴唇似乎有些發白，卻還是緊捏著韁繩。

抬頭看一眼星星辨認方向，長均費力騎到她的前面。「陸姑娘，跟緊我。」緊咬著牙關，陸蒺藜從未騎過這樣快的馬，可現在內心的焦急讓她壓根兒體會不到緊張，所有感官似乎都沒反應了，徒留麻木注視前方的眼睛和不斷抽動馬鞭的手腕。而在她腦海中，不斷閃過的只有含著笑同她說話的羅止行。他永遠都是那樣，用最溫和閒淡的目光注視著她，把內心的寒冰全都化成了守護她的刺，偏生還要固執地藏好，讓她以為危險都在遠處。

片刻沒有停下的馬蹄，連同逐漸泛白的天空，逼近京城。

「將軍，前方有十幾個人騎馬朝著城門口奔來。」一個小兵飛身上了城牆，對面前身穿鎧甲的盛才說道，而就在不遠處，是原本守城士兵的屍體。

順著往外看了一眼，盛才也同樣看到了人影，手扶佩刀說道：「緊閉城門，將士們都打起精神來，絕不能放任何人進出！」

「是！」小兵抱拳，立馬回去通知弟兄們。

帶著滿身的塵土，陸蒺藜在城門口將將拉住轡繩，停在一排高舉刀劍的士兵面前。

未等她說話，面前為首的一個小兵就喊道：「今日不准任何人進城，爾等速速退下，饒你們性命！」

「我是陸琇的女兒陸蒺藜，我要進城去。」陸蒺藜不看他，直接抬頭喊道。

聽到了她的喊話，盛才探頭出來看了她一眼。「原來是老陸的丫頭，只是現在不准人進城，妳有急事，明日再來吧。」

「長均！」陸蒺藜沒有回頭，直接把長均叫了過來，雙腿夾緊馬腹，隨時做好了衝進去的打算。

明白她的意思，長均連忙趕上來，對著盛才喊道：「盛將軍，我是長均，您還記得嗎？」

盛才自然知道他是羅止行的侍衛，見他如今在這裡，心中好一陣奇怪，匆忙下來對著他劈頭就問：「你為何不在國公身邊？他現在身邊的是誰，可能護他周全？」

「將軍，這件事說來話長，但我們現在必須盡快進京去找止行，煩請你放我們進去。」陸蓁藜搶先回道。

皺眉認真打量了他們好久，盛才搖頭。「不行。」

「盛將軍，我們絕對不會害爺的呀！」長均現下也急了，嚷叫道。

盛才卻是不為所動，阻攔他們的士兵連矛都沒有收回去半寸。「我如今要做的就是守著城門，短時間內我查不清你們每個人的真實目的和意圖，萬一你們進城後動了什麼手腳呢？」

他是軍人脾氣，只認一些死理，陸蓁藜轉頭看了眼自己身後的精兵，抿唇追問道：「那長均呢，你信得過嗎？」

轉眼看向長均，盛才沈吟片刻。「當初國公肯帶著長均來見我們，我自然是信他。」

「那便只有我和他兩個人進去，你可願意放行？」捏著韁繩，眼看著天色已經越來越亮，陸蓁藜著急地問道。

神情有一絲猶豫，在盛才心中，陸蓁藜不過是個女子，就算有什麼別的心思，也是隨意就可以被制伏的。

察覺到了他的動搖，陸蓁藜繼續說道：「我不過是個手無縛雞之力的女子，你把我放進去，對如今的局面也不會有什麼影響，將軍，我只是想到止行的身邊去。」

老練的目光在她身上轉了又轉，盛才終是抬手，讓小兵把門打開一個小縫。

「多謝將軍！」

瞬間，陸蒺藜已驅馬向前衝了進去。

不過一夜，長安城中卻露出截然不同的樣子，家家戶戶緊鎖門窗，清晨的早市杳無人跡，原本應該在賣東西的小販一個都沒有，到處只看得到掀翻的桌椅、滿地狼藉，地上還躺著好幾個渾身血污的人，也不知是死了還是活著。平日裡招客的彩旗散落一地，髒得看不出原本的顏色。

民戶裡偶爾有孩子貪玩，偷偷掀開窗戶的一角想看外面，眼睛還沒有露出來，就被低聲的斥罵叫了回去。街道上有幾個士兵模樣的人在巡視，看到了陸蒺藜二人，立即叫喊著命令他們停下來。

匆忙掃過眼前的情景，陸蒺藜壓根兒沒有放緩速度，急切地往皇宮而去。現在看樣子，京城外圍已經基本被控制住了，就看皇宮內是怎樣的光景。

凝霜殿中，打翻的燭火燒黑了窗戶，碎裂一地的花瓶，不知割破了誰的手心，邊緣染紅。羅止行正似笑非笑地看著前方，而他的脖子上正架著一把刀。

「就憑你們，也妄想謀反，未免太看不起朕了。」程定聲音冰冷，輕蔑地笑著，在他身後圍著一圈禁衛軍，每人手上的刀都泛著冷光，對準了羅止行與他身後的幾個士兵。

另一邊，南婕妤捂著剛才被踢到的肚子，努力想要爬起來，但是似乎扭到了腳，一時站不起來。蘇遇南在她旁邊，同樣也受了傷，胳膊上不斷流出血。

察覺到了那邊的動作，程定轉過頭來，臉上的嘲弄掩蓋不住。「愛妃，妳可還好？妳說，朕也待妳不薄，為何要聯合別人害朕？今日還故意想要給朕灌酒，要不是朕提前知道了你們的事，今日恐怕在醉夢中就被殺死了吧！」

隨著他的話，蘇遇南掙扎著往前，擋住了程定看向南婕妤的視線。

「呵，還有個送死的。」見到蘇遇南的瞬間，程定臉上的憎惡藏不住。「殺了他！」

隨著他的話，一個禁軍提起刀正要砍下，南婕妤不管不顧地撲上去擋，但嘴角緊閉，不肯流出半絲求饒的聲音。

眼看著南婕妤擋在前頭，舉著刀的禁軍有些猶豫，程定不耐煩地正要下令直接動手，殺了兩個人也沒什麼。

「陛下，你是如何知道的？」此時羅止行開口了，試圖轉移他的注意力。

從禁軍突然出現包圍了他們，到程定拿刀對著他，羅止行都沒有開口說話。如今即便清楚羅止行是有意拖時間，程定也耐著性子回道：「你太心急了，甩掉了朕派人跟著林晉的尾巴，還逼得林丞相迅速認罪。朕坐在這個位置上，對臣下的心思可摸得清清楚楚，從你公然頂撞朕後，朕就已命令邊境的官員看好了你爹的舊部，他們一有動靜，就會立馬秘密傳信給朕。算算時間，你爹的舊部進入京城的第四天，朕就知道了。」

居高臨下地盯著羅止行，程定用刀刃強迫他抬頭。「你猜猜，朕明知道一切，還是放任你闖到這裡來，是為什麼？」

眼尾瞥到了程定身後的李公公，羅止行動了動手指，嘲諷地笑道：「因為你需要一個名正言順的理由殺了我，還有我的那些叔伯。」

李公公看到了他的手指，強忍著心中的衝動，站在原地低頭不語。

「說得不錯，你和你爹的那些舊部，是真的太礙眼了。若你們老老實實的，朕還真動不了你們，不然就得背負殘害忠良的罵名。」程定用刀背拍打兩下羅止行那極像他母親的眼睛。「可惜啊，現在沒人說你們是忠良了，我等會兒就割下你的頭掛在門口，誰來，我便殺了誰，直到把你的人全部殺乾淨。」

即便被他拍打著眼眶，羅止行也堅持睜大著眼睛，聽完他說的話後，反而笑起來。

「你殺不完的，陛下，像我這樣想要推翻你的人，你殺不完。」

「放肆！死到臨頭了，還敢惹怒朕？」程定狠狠甩了他一巴掌，拿著刀的手一再用力。「既然這樣，我就先殺了你，讓你好好看看我殺不殺得完。」

「陛下！」李公公再也忍不住，往前一步，語帶憎恨地說：「就這麼痛快地讓他死了，未免太便宜他，這個亂臣賊子必須要留到最後剝皮抽筋，才能解氣。」

手上的力氣卸了卸，程定轉頭讚賞地看一眼李公公，嘴角揚起殘忍的笑意。「到底是最懂朕心意的人，說得是，死得那麼痛快，也太容易了些。」

以為自己勸下了程定，李公公正要鬆一口氣，旋即又聽到他冰涼的聲音。

「那就先剜下他這雙討人厭的眼睛吧。」

「陛下不可！」心又提到了嗓子眼，李公公再次說道。

狐疑地轉頭看他，程定不耐煩地從鼻子裡輕哼一聲。「嗯？」

低下頭，李公公避開他的視線。「陛下方才不是說，要讓他看清楚，您是如何殺死這些亂臣賊子的嗎？他的眼睛，自然得留一會兒了。」

「既然如此……」程定勉強接受了他的說法，嘴角獰笑著轉身，直接把刀往羅止行的手插下去，貫穿了整個掌骨。

「啊！」饒是咬緊了牙關，這樣的痛楚也讓羅止行不受控制地喊出來，鮮紅的血染透了他周圍的地面。

總算到了宮門口，意外的是，這裡竟然安靜至極，甚至只有兩、三個禁軍守著。丟下馬匹，陸蒺藜貼著宮牆皺眉。

「陸姑娘，國公一定在裡面了，我們快進去找他會合吧。」長均在她身後低聲催促。

陸蒺藜卻搖頭。「長均，你不覺得有些不對嗎？這裡不該是這麼安靜的。」

「或許，爭鬥都是在裡面？皇宮畢竟太大了，這裡聽不到聲響也正常。」

探頭出去查看了一下宮門口禁軍的表情，陸蒺藜心中有種不好的感覺。「長均，你有辦法在不驚動別人的情況下，帶我進去嗎？」

「當然可以。」長均立馬答應，當初守衛森嚴，他都帶著羅止行闖過，眼下自然更是容易。

尋到了上次翻過的地方，長均扶著陸蒺藜的腰，足尖借力一點，帶著她落到了宮裡頭。

甫一站穩，陸蒺藜抬頭看了眼周圍的環境，目光不由自主地被一處宮殿吸引。「那是何處？」

「那是國公母親之前住過的宮殿，上次我們和李公公見面，也是在那裡。」長均回道。

了然地點點頭，陸蒺藜正欲行動，卻發現舉步茫然，偌大的皇宮，她壓根兒不知道從哪裡找起。無奈之下，只能先朝著重英殿的方向而去。

可就在她剛動的時候，長均突然伸手把她拉了回來，緊張地豎著耳朵傾聽另一邊的聲音。

雖說不明白發生了什麼事情，但陸蒺藜也立馬靠後隱蔽身形，捂住了嘴巴。

另一邊的路上有人正在靠近，長均只能聽到他的動作，那人步伐很輕，應當是個練家子，可此時呼吸卻有些不穩。一邊伏低身體，長均手扶著腰間的刀，隨時準備攻擊。

那個人終於走近了，陸蒺藜小心地打量，在看到他的臉時卻不由得倒吸一口涼氣。

可就因為這個動作，那人迅速朝著他們所在的方向看過來，竟然是林晉！

長均亦是嚇了一跳，上前一把將他拉到了身前，壓低聲音問道：「怎麼回事，你為何在這裡？」

「長均、陸姑娘？」詫異地問了一聲，林晉卻沒有回答，反而急急說道：「出事了，陛下早就知曉了我們的計劃。我昨夜遭人打暈，然後被李公公關在了這裡，想來是李公公照顧，特意安排兩個跟我關係不錯的弟兄看守我。我醒來後輕易騙過他們逃了出來，現在正在找國公的下落，他也很可能遇到了麻煩。」

臉色立馬變得一片煞白，陸蒺藜強行穩住自己的心境。「止行他到底進宮了沒有，現在有可能在哪裡？」

「我被人打暈完全是事出突然，國公不可能提前知曉，改變計劃。剛才我問過看著我的兩個弟兄，國公入宮之後，率兵直奔後宮，大多數禁軍都在陛下身邊，片刻之後就控制住了所有人，沒有猜錯的話，現在他們還在後宮。」

咬牙聽完了這些，長均已按捺不住，握緊拳頭就往外衝。

眼疾手快地拉住他，陸蒺藜怒喝。「你要做什麼？」

「自然是去救國公，總不能讓他一個人面對險境！」長均急躁回道。

「你一個人對整個禁軍？」反問一聲，陸蒺藜語氣算不上客氣。「若是你能的話，那你現在就去。」

無疑是當頭棒喝，長均梗著脖子，臉都憋紅了。「那怎麼辦？」

「當然是先搬救兵。現在宮裡消息傳不出去，城門口的那些將士還以為事情成功了，但是只要能通知他們，帶著全部兵力趕來，還有一線生機。」來不及多想，陸蒺藜只能憑著現在的直覺拿主意。

「長均，你這就悄悄出去找到羅叔，獲取那些將士的信任，只有羅叔能做到，然後火速往皇宮趕來。我和林晉一起，先去探查止行如今的情況，看還有什麼辦法。」

沈聲吩咐完這些，陸蒺藜轉眼看到長均還有些猶豫。「怎麼了？」

「不如我跟林統領換一下，我想……」

「羅叔更信任你，而林晉更熟悉禁軍和皇宮！」陸蒺藜低吼一句。「迫在眉睫的困境，你還不快去！記住，召集大軍後直奔皇宮而來，不可耽擱。」

狠狠咬牙，長均不敢再多言，立馬轉身輕功離去。

見他動了，林晉也不再怠慢。「那陸姑娘，我們也走吧。」

「等等。」誰知陸蒺藜又叫住他，對上林晉的視線。「林統領，你畢竟在禁軍中待了這麼久，就找不到一些可以用的人嗎？」

刀柄握得用力，林晉猶豫片刻後，轉身朝著剛才關著自己的方向走去。「陸姑娘，請跟我來。」

陸蒺藜沒有遲疑地跟了上去，片刻之後，他們迎面撞到了兩個拿著刀神色慌亂的禁軍，而就在看到他們的瞬間，那兩個禁軍臉上的表情立馬鬆懈下來。

「統領，您去哪裡了，沒有遇到別人吧？您現在快跟我們回去，不能讓陛下再看到你！」

陸蒺藜心尖一動，這兩個禁軍脫口而出的是林晉的安危，看來他在禁軍中也是有自己聲望的。那麼召集幾個人，也並非沒有可能。

「多謝兩位兄弟掛心，剛才我誆騙你們，是我不對。」匆忙抱拳道歉，林晉轉身看一眼陸蒺藜，繼續對他們說道：「現在我想要煩勞兩位兄弟幫個忙，你們可願意？」

互相對視一眼，兩個禁軍也看到了他身後的陸蒺藜，不約而同的選擇沈默。片刻之後，左邊那高一些的禁軍回道：「統領，陛下既然早就知道了，那逆黨被肅清就是遲早的事情。你如今若是老實不動，興許能饒你一命的。」

「以陛下的性子，你們覺得他還真的有活命的可能？」陸蒺藜冷酷開口，語帶嘲意。「不光是他，你們這些和他親近的人，也不見得會有好下場吧。不然，皇帝為何現在不讓你們跟著他？」

「妳是誰？」略有些不悅，那高個子問道。

挺直了身子，陸蒺藜往前一步。「陸琇之女，陸蒺藜。」

「統領，你們到底想怎樣？」另一個矮一些的禁軍等不住了，迫切追問。

目光堅毅的看向他，林晉開口。「我希望你們去把咱們平日信得過的兄弟都叫過來，同國公一起，反了！」

「統領，這話可說不得！」異口同聲地，那二人慌亂喊道。

陸蒺藜冷哼一聲。「做都做了，還有什麼說不得？你們若是不願，留在這裡等程定解決完一切，肯定都會被他除去，重則沒命，輕則被貶到邊境，做一個普通的武夫。可若是能夠幫助荊國公，此後便是富貴榮華。」

那兩人聽著陸蒺藜的話，似乎猶豫了一下。

心中暗嘆一聲，陸蒺藜唱了黑臉，那自己只能來當白臉，林晉緩緩開口。「陸姑娘是大將軍之女，我更是禁軍的統領，你們就沒有想過，為何連我們都要造反？」

這句話，卻是直接戳進了兩個禁軍的心裡。

「因為這個皇帝根本無視百姓民生，出賣大晉盜賣軍防圖，害了前線無數兄弟的性命，就連大家都奉為戰神的羅將軍，當年也是被他狠心害死的！如此便也罷了，他更是放縱官吏貪污勾結，多少百姓過著苦日子，前陣子逃難至京城的流民是什麼樣你們心中都清楚！這樣的皇帝，不該反嗎？」

像是被人打了一拳，那兩個禁軍錯愕抬頭。「怎麼會是這樣？軍防圖明明是丞相盜賣的啊，羅將軍也是戰場上戰死的。」

「區區一個丞相，怎麼可能拿到我爹爹呈給陛下的軍防圖？至於羅將軍，若是程定真的問心無愧，又為何要如此打壓羅止行，為何把羅將軍的舊部都貶到了邊境，不准他們隨意回京？」陸蒺藜眼睛含恨，厲聲質問。

平日裡從未考量過這些問題的禁軍，猝不及防被塞了一堆意外的真相，高個子的視線在林晉和陸蒺藜的身上轉了又轉，終於狠下心站出來。「統領，我去幫你叫人。」

「那我也去！我最清楚，哪些人是可靠的。」身邊的人做了選擇，也促使了另一個人下了決心。

臉上多了絲笑意，林晉側身讓開。「要快！」

與此同時，凝霜殿的院子裡，羅止行則是渾身血污地匍匐在地，身上被捅了好幾個窟窿，卻都避開了要害處，手上的傷反而最嚴重。可是他現在最痛的地方，卻是在自己背部。

程定的腳正踩在那裡，腳下正是被劃開的一道口子，微一使勁，便有汩汩鮮血冒出。李公公實在是不忍看，低頭閉著眼，可程定卻在昂首大笑。「看清楚了吧，你爹尚且被朕弄死了，朕要你的命又有何難？」

血腥味已經占據了口鼻，羅止行覺得自己就像是瀕死喘氣的魚，連一句完整的話都說不出來。就當他想要閉上眼睛的時候，突然傳來一陣嘶鳴，像是有什麼東西撕破了空氣衝過來。

緊接著，程定悶哼一聲後退幾步，聲音有些驚恐。「是誰?!」

一顆石子丟在程定身上，阻止了他的動作。像是猛然意識到什麼，羅止行顧不上痛地轉頭，說不出自己到底是希冀還是生氣。

在他的視線盡頭，輕輕巧巧站著個嘴角含笑的姑娘，明明頭頂著翻滾烏雲，渾身卻明亮得像披著陽光。

「陸蒺藜，妳竟然還敢來？」看清楚了來人，程定陰聲質問。

「如何不敢呢？剛才我手裡要是拿著箭，你方才就被我打死了。」歪著頭笑，陸蒺藜說道。

立馬暴跳如雷，程定拿起刀，直指向她。「放肆！亂臣賊子，膽敢胡言！」

隨著他的動作，身後的禁軍們也都盯緊陸蒺藜的動作，隨時準備撲上前。

可陸蒺藜就像是行走在無人之地，嘴角的笑意沒有減少分毫，她眼睛都沒有眨地步步走來，分明只有一個人，卻有著身後跟著千軍萬馬的氣勢。

「妳停下！來人，給我殺了她！」一把將羅止行拽了起來，持刀抵著他的脖子，程定對著她喊道，聲音中似乎有些慌亂，也許是在畏懼，連一個女子都不把自己當皇帝的事實。

眼睛不悅地瞇起，陸蒺藜腳步未停，堅定地穿過重重人馬走近。「死對我來說還真沒什麼好怕的，但你若是敢動他，我一定……」

「陛下！」羅止行卯足了力氣開口，發出來的聲音卻還是微弱的。「求您放了她，她什麼都不知道。陸琇將她視若珍寶，手中還握有兵權，你若是真的殺了她，陸琇一定會反的。」

「還真是可笑，竟然到這個時候，你還以為這麼三言兩語的幾句話就能保下她的性命？朕派了寧思遠前去，就是要奪下陸琇兵權的，朕還需要顧忌他的女兒？」

程定的話語，落在陸蒺藜耳中，激出了她的怒火。「程定，你才是最可笑的，你就只能通過這種不斷殘殺、替換的手段，保住你孤家寡人的地位。」

「放肆！」

「你就不能換個詞嗎？聽著挺無趣的。」又逼近他一步，陸蒺藜轉動眼珠，瞥到了程定身後的李公公。

像是意識到要發生什麼，李公公繃緊身子，密切注意著要發生的事情。

程定再一次被激怒，手下一用力，刀子刺入羅止行的脖子，鮮血下一瞬就要噴湧而出，可他的目光還是看著面前的姑娘。

陸蒺藜抬頭看天，濃厚的烏雲積聚更多了，遮天蔽日，恍若黑夜，與此同時，黑雲翻滾著，有如急切想要掙脫牢籠的困獸。

就在此時！

數千枝箭飛射而入，帶著一團團的烈火，蠻橫地落在凝霜殿的每一處，宛若從天而降的流星，要砸破這個世界。

「陛下小心！」李公公立馬飛撲過來，搶過程定手中的刀，把他往另一邊拖。

在這緊要關頭，陸蒺藜同時伸出手一把將羅止行拉過來。「還能動嗎？」話剛說完，手心就摸到了一層黏膩的液體，提醒她羅止行受到了多嚴重的傷。

「嗯！」強撐著拽了一把陸蒺藜，讓她躲開一枝流矢，羅止行勉強點頭。

不敢再耽擱，陸蒺藜半拉半拖地帶著羅止行走，萬幸沒有幾步，林晉就迎面而來，代替她接過了羅止行。

看到林晉的瞬間，羅止行就明白了怎麼回事。想來是剛才他和蒺藜遇到，不知怎的召集了些人，林晉清楚禁軍的武器都放在哪裡，去取了一批弓箭過來，陸蒺藜剛才不過是在拖時間。

「國公、陸姑娘，你們沒事吧？」總算帶他們退到了凝霜殿外，林晉大聲問道。

羅止行不搭話，只是喘著粗氣看向前方。剛才射進去的箭，點燃了裡面的家具，此刻裡頭已是一片火海。程定被困在那裡，若是想要出來，就必須先解決堵著宮門的他們。

林晉和陸蒺藜也意識到了這一點，他們讓人把羅止行帶到後面，並排上前跟程定的人馬對峙，各自心中卻是再清楚不過，林晉的人也不過二十個，剛才拿到的弓箭同樣不利於近攻，跟對面有備而來的禁軍比起來，樣樣處於弱勢。

「殺，一個不留！」程定亦是看透了兩方的差距，嘴角獰笑，甚至盤算好了等會兒要怎麼羞辱他們的屍體，手抬起，指揮著圍繞他的禁軍盡數上前。

可當禁軍上前，程定身邊就無人保護了，一直站在後頭的李公公視線緊鎖他的後心，慢慢蹲下來撿起一把散落的刀。

須臾之後，李公公卯足力氣往前一步，刀尖對準了程定，正要動作之際，旁邊突然多了一把刀，先他一步插入程定的身體。

「啊！」慘叫一聲，程定轉過頭來，震驚地看著被濺了一臉血的南婕妤。

手抖個不停，卻不是因為怕，反而是多年夙願達成的激動，南婕妤眼中恨意翻滾。

「皇后娘娘死的時候，不過二十歲。」

「賤人，朕一定要妳……」

「噗」的一聲，李公公抬手，迎面用刀插進了程定的脖子。瞬間連一絲呻吟都喚不出來，赤紅的血噴出一片血霧，竟成了黑暗中僅有的顏色。

緊接著，肉體重重倒地，砸起些許灰塵，又很快散落回去。程定渾濁的雙目圓睜，再也看不出一絲情緒，落地的時候，碰巧在另一個禁軍屍體的旁邊，兩具屍體沒有任何區別，連灰塵都沒有偏愛哪個一些。

喘著粗氣，李公公確認程定真的死了，這才緊張地抬眼看殿門口的打鬥，沒有人發現這裡的變故，爭鬥也絲毫未停。

羅止行踉蹌著又躲開了一次砍過來的刀，剛才照顧他的小兵已被迫和他分開，他深受重傷又無人保護。下一瞬，又一柄泛著寒光的刀刺了過來，陸蒺藜突然竄過來將他推開，肩膀代他受了一處傷。

悲憤地喊叫一聲，羅止行衝上前。「蒺藜！」

烏雲終於衝破了牢籠，瓢潑的大雨砸向地面，伴隨而來的，還有轟鳴的雷聲。在這一瞬間，陸蒺藜覺得自己的一切知覺都消失了，耳不能聽，口不能言，尚未反應過來的她被羅止行一下子撲倒。

「國公！」也不知是誰的叫喊，淒厲至極。

被壓在身下的陸蒺藜並沒有看到，一道帶著妖冶紫光的閃電，連同上天的怒氣，逕自落了下來，不需要任何聲響，它本身就有著足夠的威壓，任誰都不能在它手下存活，甚至移動半分。

就在閃電落在羅止行身上的瞬間，突然一道白光從他的玉簪處發出來，籠罩住他全身，又在接觸到閃電的瞬間消散無蹤，短暫得讓所有人都以為是幻覺。

而對這些毫無所知的陸蒺藜，只感覺羅止行的胸膛又被鮮血濡濕了更多。她慌亂地想要推開他看看，到底發生什麼了，可胳膊卻使不出一絲力氣，就像是被困在一具屍體中。

貼近地面的耳朵，傳來了大軍闖入的腳步聲，似乎還聽到了長均的呼喊。淚水落下之前，陸蒺藜終於放心地失去意識，墜入黑暗。

尾聲

行走在一片混沌中，陸蒺藜看不清前面的路，只能憑著感覺亂走。不過即便如此，也沒有磕絆摔倒，她也不知為何，就是執著地往前走著。

「陸蒺藜，妳做得很好。」

「誰！」猛地煞住腳，陸蒺藜大睜著眼睛，卻看不到前面的人。

「我幫妳製造的時間上的混亂，妳都抓住了，集眾人之力一起斬斷了晉朝的龍脈，所有神仙寫好的命運都錯位，這是妳爺爺曾經想做卻沒做到的事情，如今終究被妳做到了。從此以後，凡人的結局就由你們自己開創了。」

聲音有些熟悉，陸蒺藜這才想起一張模糊的臉。「妳是……孟婆。」

「是啊，就是那個被妳用雞腿引誘的孟婆。」

說到這裡，孟婆的聲音含笑，臊紅了陸蒺藜的臉，忍不住問道：「妳到底為何要做這些事？妳自己不也是神仙嗎？」

「我一早就告訴過妳了，我和妳爺爺有舊。千年之前，是妳爺爺助我修煉成形，而後因為一些原因他被貶入人間，妳是他的後人，若非這個原因，妳也不會這麼輕易改變了命運。我幫妳，也不過是為了償還千年前的恩情，如今大功告成，我要從妳身上取一樣東西。」

聽不懂她語氣中的懷念和遺憾，陸蒺藜攤開手。「妳要取什麼？」

代替她回答的，是心口突然傳來的痛，像是有根細小的針扎進了她心頭最軟的地方。

「啊！」淒厲地叫了一聲，陸蒺藜猛然睜開了眼睛，映入眼簾的是隨風飄蕩的窗幔，伸手摸摸自己的心口，卻發現什麼都沒有。

「小姐，妳醒了！」

緊接著，面前又多了一張瘦削很多的臉，陸蒺藜看了半天才敢確認。「青荇？妳怎麼瘦成這樣了？」

「瘦成這樣的，可不止她一個。」

耳邊又傳來一道女聲，陸蒺藜轉過頭，就看到端著藥碗的南婕妤。

讓青荇扶著自己坐起來，陸蒺藜開口。「南……沐風，我這是在哪兒？」

「皇后住的朝鳳宮啊。妳足足昏迷了一個月，青荇都從金國回來了，妳還睡著，明明太醫都說妳沒事，卻總是不醒。」把藥遞給她，沐風的語氣嫌棄，卻偷偷紅了眼睛。

「醒了就自己喝，都讓別人餵一個月了。」

到底青荇心軟，扶著陸蒺藜喝下藥，苦澀的味道衝進口中，才喚回了陸蒺藜的神智。「這些日子，到底都發生什麼了？」

「發生什麼妳問青荇去！」沐風毫不客氣地回道。

吐吐舌頭，青荇在陸蒺藜耳邊笑。「蘇公子又沒有見沐風姑娘，她正惱火呢。」

「胡說！那個傢伙就是記恨我之前丟下他，故意的，心裡面不定多想我。」沐風仰著下巴反駁。「我就是氣這個陸蒺藜沒心，火箭直接往我宮裡面射啊，燒了我的寶貝不說，還差點沒害死我。」

費力笑了笑，陸蒺藜回道：「是我的錯。」

「小姐，沐風姑娘比妳還會捉弄人，不要管她。我跟妳講啊，林儷小姐真的很厲害，就像妳說的，在金國她……」

「青荇！」出聲打斷了她，陸蒺藜撐著身子下床。「我想先去見一個人。」

心疼地扶穩了她，青荇知道她要去見誰。「小姐放心吧，國公……現在該叫陛下了，他一切都好。」

眼睛立馬亮了起來，陸蓁藜沒有多言，強撐著還有些痠軟的身體往外走。

本也要上前扶住她，沐風身體剛動，卻又停住，應該不用了，算算時間，羅止行也該來了。

縱然被仔細照顧著，陸蓁藜也是結結實實地在床上躺了一個月，雙腿無力，好不容易藉著青荇挪到了門口，她又控制不住地腳下一軟，往前栽了過去。

青荇也沒力了，非但沒有拽住她，反而被跟著帶倒。

做好了摔到地上的準備，陸蓁藜閉上眼睛。可就在此時，橫空出來一雙溫暖的手，穩當地接住了她。

顫顫巍巍地睜開眼，看清了面前這張無比想念的臉，陸蓁藜才知道沐風說的那句「瘦成這樣的可不止她一個」是什麼意思。

同樣貪婪地注視著懷中的她，羅止行感到自己的嘴角在笑，眼中倒是先滑出一顆清淚。「妳終於醒了。」

抬手幫他擦去臉上的淚水，陸蓁藜緩緩笑開。「嗯，我醒了。」

跟著羅止行一起過來的長均，幫忙扶起了還倒在地上的青荇，也感嘆一句。「陸姑娘醒來就好，您睡著的那些日子，陛下可謂是什麼事情都沒有辦法做。」

再一次聽到有人這麼稱呼他，陸蒺藜瞥了一眼他的衣服，並沒有說話。

「我先抱妳回床上躺好。」羅止行似乎也不願意多談這件事，俯身將陸蒺藜抱了起來，快走兩步將她重新放在床上。

「陛下，那屬下和青荇先去找太醫，再來看看陸姑娘的身子。」長均總算是有眼力見兒，抱拳說道。

「嗯。」低聲應了，轉眼看到還站在原地的沐風，羅止行又叫住長均。「你去找太醫後，也去尋一趟蘇遇南吧，問他情況怎麼樣了。」

眼珠轉了轉，沐風立馬轉動腳尖。「這種事情我來做就好了，你們去找太醫照顧陸蒺藜要緊。」

終於，殿中就剩下他們兩人了。陸蒺藜噗哧一聲笑開，伸手點著羅止行衣服上繡的張牙舞爪的龍。「這件衣服，好像真的不太適合你。」

「樣子總還是得裝一下。」目光一瞬都不錯開，羅止行近乎貪婪地看著面前這個鮮活的陸蒺藜，只有他心中清楚，這一個月以來他心中有多忐忑，好怕她就這麼長睡不醒了。「蒺藜，我們，算是成功了嗎？」

明白他問的是什麼，陸蒺藜回想到了剛才作的夢，笑著撫上他的臉頰。「嗯，成功了，我們擺脫命運了。」

「這樣就好，這樣就好。」喃喃兩句，羅止行再也控制不住自己的情緒，將她拉入了懷中。

羅止行的力氣有些大，陸蒺藜被憋得悶，卻也沒有掙開他。「你還故意把我送出京去，這件事我可記著。」

倏地一下笑開，羅止行望向她。「記得就好，往後的日子裡慢慢算。」

本就沒有什麼怨氣，更多的是心疼，如今見他這樣，陸蒺藜更氣不起來，只好憋出一個笑。「你剛才讓長均去找蘇遇南，是為了什麼事情？還有大家，都怎麼樣了？」

「妳先別急，我都慢慢告訴妳。」倒來一杯溫水，羅止行又調好了她身後的靠墊，才坐在床邊解釋。

「那日最後，我也因傷重而昏迷了過去，之後聽他們說，是有一道雷劈下來護住了我們，當時所有人都以為我們死定了，但不知為何，我們都沒有事。蘇遇南那傢伙最是活泛，立馬就煽動起了我是天選之人的話語，這時長均和羅叔也帶著大軍前來接應，很快控制了局勢。

「過了幾日，我就醒了過來，自己都沒搞清楚怎麼回事，就被推上了皇帝的位置。

不過這也是我們原本的計劃，我便順水推舟應下了，隨意選了一個新的國號，自此每日除了養傷，就是來看妳。」像是又體會到了最初幾日心中的孤寂與害怕，羅止行的聲音抖了一瞬。

很快平復好情緒，羅止行摩挲著她的手腕說道：「至於其他人，林晉被我尋個由頭貶了，他如今過得慘些，往後新帝登基，仕途就更平坦些。只是青荇那丫頭不知道，還來訓斥了我幾句。」

「倒像是她會幹出來的事情。」搖頭笑笑，陸蒺藜垂眸說道。

「羅叔沒什麼變化，還是守著之前國公府的院子，時不時找幾個老頭下棋。我知妳欣賞汪爍，同樣給他有了安排，只是在妳昏迷的時候他想來看妳，被我擋回去了。蘇遇南傷好了之後照常住在他的金風樓，和沐風有一筆算不清的帳。」

說著說著，羅止行帶笑的臉沈了沈。

「還有就是……李公公死了，是自己喝的毒酒，我醒來的第二日去的，身邊只有一塊早就壞了的糕點。」

唏噓片刻，陸蒺藜開口寬慰他。「也許對李公公來說，他覺得完成了自己的使命，可以去向下一段旅途了。」

「他走的時候，確實很安詳。」後來，羅止行又去了一趟母親之前住過的宮殿，還是那樣的整潔乾淨，被人小心地按時打掃著。

嚥下自己的嘆息，羅止行又笑起來。「對了，妳問我找蘇遇南做什麼，妳不如猜猜？」

「他往日做的不都是幫你探聽消息的事情嗎，這次莫不是也一樣，你有事要他做？」

眼中的笑意更甚，羅止行認真地看著她。「這一個月來，我雖然號稱是做了皇帝，但一條政令都沒有下過，只除了一道娶妳的聖旨。蒺藜，當時我沒有問妳，如今便補上，妳可願嫁我為妻？」

愣了良久之後，陸蒺藜突然無法控制地大笑起來。「你登基一個月，就只是下了道娶我的聖旨？那跟著你造反的人，豈不是都傻眼了？」

被她笑得也羞赧起來，羅止行伸手彈她的腦袋。「反正我這皇帝只是個幌子，寧思遠討伐逆賊的大軍都號召起來了，再下些政令，也只是多勞民傷財而已。」

「我願意。」陸蒺藜卻突然正了神色，緩緩說道。

怔了片刻，羅止行突然俯下身，在她的眉間落下輕柔一吻。陸蒺藜的睫毛在他下巴上眨動，引起心底的悸動，再次低下頭，羅止行探到了她的唇間，逐漸加深親吻。

僅僅一個吻，似乎再也不能滿足心中的貪婪。羅止行雙手往下，事情逐漸失控，衣服件件被剝落到了床下，羞人的聲音響起。外頭帶著太醫回來的青荇，這次都不用長均說，自己就聽得紅了臉，忙趕著大家走開，喚著一幫小宮女去園子裡忙去。

等陸蒺藜身體全好的時候，正是臘月初九。昨日剛下過一場雪，將軍府中，陸蒺藜身著一件鮮紅的嫁衣坐在鏡子前，她默默看著青荇和沐風給自己上妝。

最後插上了一支步搖，沐風側身打量她，眼中浮現驚豔。「陸蒺藜，妳真好看。」

可她卻像是反應慢了半拍，愣愣地看著銅鏡中的自己。

「哎呀，他們來了！」門口傳來喧鬧聲，青荇匆忙找來紅蓋頭，遮住了陸蒺藜的臉。

沐風早就到了門口，刁難著外面的新郎官。

歡聲笑語從四面八方而來，喜樂更是奏響了天際。慢慢低下頭，陸蒺藜看到了自己交錯的雙手，突然笑了。

寧思遠的大軍已經到了城門外，頃刻就將破城而入，攻向他的寶座。與前世不同的是，這次他是師出有名，站在至高無上的平叛大旗上，名正言順地走向他的皇位。

羅止行做皇帝的這幾個月，招足了官員的不滿和百姓的謾罵，民間對於寧思遠的到來是無比期盼，寧思遠能夠很快地穩定天下，開始他的宏圖霸業。

而她和羅止行，會離開京城，隱姓埋名過上普通人的生活。

門被人一下子打開，陸蒺藜從思緒中抽離出來，猛然坐直了身子，等他緩步走到自己面前。

手心有些發汗，羅止行終於在自己的新嫁娘前站定。一步步走來，他想起與她相處的每一瞬，心臟安穩而幸福地跳動著，羅止行轉身拿起如意秤，直接挑開了蓋頭。

視線一下子清晰，陸蒺藜抬起頭，望著面前的人發笑。「你來啦。」

語氣欣喜而乖巧，像是等了他好久。羅止行眉眼含笑，彎腰抓起她的手腕。「準備好了嗎？」

「嗯。」反手與他十指相交，陸蒺藜站起身。

抓緊自己的新娘，羅止行突然轉身跑開，顧不得所有人的驚呼，陸蒺藜緊跟上他的步子，發自內心的笑聲響起，裙角翻飛，晃出好看的弧度。

又是一場不尋常的婚禮，只是心境全都變了。

逕自跑出大門，外面是早就準備好的兩匹馬，他們任性地把婚禮的爛攤子留給這裡的人，直接策馬朝著城外而去。喜樂還響在耳邊，城外那威嚴森森的軍隊，就像是來赴宴一樣。

一個時辰之後，鄉間的小道上，一對新人並排騎著馬聊天。

陸蒺藜笑咪咪地問：「你說，我就這麼把青荇留給林晉那小子，是不是太隨便了些？」

「我之前找林晉探過話了，不會有問題的，長均也會幫忙看著。」回首看她，羅止行眉眼舒展，笑得十分輕鬆。

「寧思遠那個傢伙，昨日還給你寄了信？」

「嗯，他說他會留著國公府，我們隨時可以回去待兩天，還說，我們幫他的恩情，他會記得。」

夾緊馬腹，陸蒺藜加速往前。「才不是幫他呢，走啦，去邊境找爹爹！接上他，我們遊天下名山大川去！」

冬日的太陽，總是最能讓人感受到希望，羅止行粲然一笑，也快速跟了上去。從此以後，再無勾心鬥角或命運框定，每一日，都會是他們平安喜樂的小日子。

番外

黃泉之地，輪迴門前，孟婆手心捧著一滴陸蒺藜的心頭血，臉上如釋重負地慢慢笑起來，她伸出指尖蹭了蹭這顆血滴。「你當初想做的事情，我都幫你做到了。如今的人世，你也該去走一趟才好。」

身側是穿行而過的鬼魂，卻沒有一個人看她。孟婆長吁一口氣，施了一個看不懂的法術，手心的血滴慢慢延長變大，片刻之後成了一縷看不清面目的魂魄。

血腥味蔓延到了口中，又被孟婆硬生生嚥了下去，她不再耽擱，立馬雙手一推，將那魂魄推進了輪迴門。

突然，一道黑光從遠處而來，尚未落地就聽到一道男聲。「孟婆，妳都做了什麼！」

「冥王殿下，您能不能符合一下自己的身分，做個沈穩的神仙。」一切塵埃落定，孟婆笑著轉身，臉上是少見的俏皮。

短暫地愣了一下，冥王又看向她身後的輪迴門，失神喃喃。「妳難道，真的做到了……數千年來，妳原來從未放棄過自己的執念。」

「那不只是我的執念。千年來我看到無數凡人從我這裡走過，我看懂了他們的心思，讚嘆於他們的精神。我終於明白了，為何他說，凡人的命不該由神仙隨意寫定，應該讓他們自己去走。」

「但妳說的那些，都是那個人的想法，他已經為這個荒唐的念頭付出代價了，妳為何還是要步他的後塵！」冥王亦是氣惱，他感覺得到，片刻之後，天界的人就會到了。

「他不是那個人，他是我的主人，是曾經崑崙仙山的掌管者，他是陸吾上仙。」孟婆卻有如被刺到了一樣，激動的說道，瞳孔也豎成了一條線。「天界給他定了十世淒慘而亡的命數。如今已經是最後一世了，若是按照他們的計劃，這一世他依舊會淒慘早亡，然後魂魄消散於天地。」

冥王聲音發澀。「所以，妳早就步步籌謀，前九世都從他身上剝來一絲魂魄，最後藏下一顆心頭血。然後又把那個叫陸蒺藜的凡人重新打回人世，由她按照自己的意志，改變自己的命運，進而影響所有凡人掙脫神仙定下的命數。如此，只要這一世的陸吾平安到老，就能作為凡人輪迴轉世了。」

「到底一起待了這麼長時間，你猜得可真不錯。陸蒺藜是他的孫女，有他的血脈，最適合溫養他的魂魄，所以我才挑中了她。」孟婆沒心沒肺地笑，絲毫不在乎冥王的黑臉。「可是你看，多麼荒唐的念頭，我不是照樣也做到了？當初那些神仙能夠貶他入凡，如今我就能幫他改命！」

「是啊，為了達成目標，都能幫一個凡人擋下天劫，妳能做的可多了。」冥王低下頭，嘲諷一笑。

這卻讓孟婆有些不解，她似乎沒有幫人擋天劫啊，頂多是告知了陸蒺藜如何改變命運，又攪亂了時間而已。只當是冥王搞錯了，孟婆也沒有多想。

「我都眼睜睜看著他九世淒慘了，如何還能看著他最後消亡？」

遠處的天邊已經凝聚起了一片片赤紅的雲，冥王轉頭看了一眼，苦笑道：「陸吾他……可能壓根兒不記得妳。」

恍然一笑，記憶回到了那個神靈初開的時代，孟婆低下頭，笑道：「是啊，當初我不過是他隨手救下來的一條小蛇，最不起眼的一個侍女，當然可能不記得了。」

「天界的人就要來了，妳怎麼辦？」赤紅的雲彩越來越近，冥王無奈地問。

手往後一指，孟婆繼續咧著嘴笑。「喏，轉身跳進去啊。」

「妳瘋了嗎？孟婆不得入輪迴，一旦進去，妳就會法力盡失，並且只有那一世壽命。」這次是真的惱火，冥王上前一步，不由分說地抓住她的手腕。「而且人海茫茫，妳以為妳重新入世，就能找得到他？」

「你說的那些，我都知道。」抬起眼，孟婆的瞳孔逐漸回歸自然。「萬一，找到了呢？我想看看他作為凡人的樣子，就算找不到，我能恣意為自己活一回，也是好的。」

搖著頭，冥王被氣得胸膛起伏，卻又說不出話來。「妳真的想好了？」

「是。」

「……」良久的沈默後，冥王反手往下，在原地罩出一個結界。「那妳去吧，我幫妳擋著天上的神。」

眉目一鬆，孟婆轉身走入，卻又突然笑問：「你還記得，我到底叫什麼嗎？」

白光閃過，吞沒了她的身軀。冥王徒勞往前一伸手，卻什麼都沒抓到，苦笑著回道：「如何不記得，陸吾被投入下界後，一人掀翻數座神宮的尹歡啊。」

——全書完

2021年12月出版

短命妻求反轉

文創風 1014～1015

從孤兒奮鬥至今，她好不容易奪下金廚神獎盃，才要享受人生就穿越了?!
而且穿成人人厭惡的農家惡媳婦，接著就從原配變前妻，一命嗚呼……
這她不服！她不僅要活，還要活得舒服，從短命反轉成好命！

原配逆轉求保命，妙手料理新人生／錦玉

奮力生活了三十年、成為全國最年輕的廚神，林悠悠只想過上鹹魚生活，
但怎麼一覺醒來，她不但不是廚神了，還變成古代已婚婦女 ?!
趕時髦穿越就算了，為何讓她穿成一個惡媳婦，夫妻不睦、家人不喜，
最糟的是她很快要被揭發給丈夫戴綠帽，而此時手中正捏著「證物」……
不，她拒絕就此認命，定要想法子反轉這短命原配的命運！
何況她知道自己的丈夫如今雖然出身農家，但可是未來的狀元郎啊，
而且日後一路高歌猛進，成為一代權臣，這條金大腿還不趕快抱好抱滿 ?!

天涯地角有窮時，只有相思無盡處／踏枝

2021年12月出版

媳婦好粥到

雖說這個朝代民風較開放，女子和離也很普遍，
但像她家婆婆這樣心疼她年紀輕輕就守寡，
並且還一心盼著她改嫁的，可也不多吧？
婆婆不僅幫忙相看、撮合，連嫁妝都替她存上了，
要她說，這根本超前部署，但她真沒想過要改嫁啊……

文創風 1020 1

顧茵繼承家裡的老字號粥鋪，生意極好，誰知她卻在加班時暈了過去，
再睜開眼，她居然穿越了，從粥鋪老闆成了農戶人家的童養媳，
說起這個原身，那是比她慘多了，親娘病逝後，親爹續娶，又生下兩兒，
後娘本就容不下原身，枕頭風吹了兩三回，原身就被賣給了武家夫婦，
這武家是地裡刨食的莊稼人，並沒有富裕到能買丫鬟回家伺候的地步，
實因長子武青意被術士批了命，說是剋妻的孤煞命，到十五歲都沒說上親，
眼看再拖下去不是辦法，武家夫妻才牙一咬，花錢將原身買回家當童養媳……

文創風 1021 2

在武家吃飽穿暖地過了三年，顧茵原身從黃毛丫頭長成了美人胚子，
可就在這時，朝廷突然開始強徵各家各戶的壯丁入伍攻打叛軍，
凡是家裡沒銀錢疏通關係的，男丁一個不留，都得上戰場拚命去！
當時已懷孕的武母無計可施，只能眼睜睜看著自家男人和大兒被徵召，
臨行前一晚，武母堅持讓大兒武青意和原身拜了天地，
五年多後，朝廷總算傳來消息，說是前線軍隊全軍覆沒，武家父子沒了！
也就是說，她這個童養媳如今還當上了熱騰騰、剛出爐的小寡婦？

文創風 1022 3

任顧茵怎麼想，未來的路都艱難得很，偏偏老天彷彿覺得她還不夠難似的，
在一個月黑風高、大雨滂沱的夜晚，有個採花賊摸到家裡來了！
這賊子是村裡有名的地痞流氓，里正是他親叔，縣老爺是他家親戚，
因為得知武家男人戰死，他便起了色心上門，幸好最後被婆媳倆合力制住，
但這朝廷自上到下是爛到了芯子裡，不然也做不出強徵男丁的混蛋事，
所以想抓這賊人見官怕是無用，他們婆媳叔子三人只得包袱款款，連夜閃人，
哪知半路卻聽說村中遭遇洪水，無人倖存！他們這下大難不死，定有後福吧？

文創風 1023 4

日子就算再難，也是得過，顧茵都想好了，她別的不行，廚藝可是頂尖的，
鎮上碼頭邊有許多賣吃食的攤販，於是她也尋摸個位置，做起了生意，
她最擅長的是熬粥及煲湯，至於其他白案點心做得也很不錯，
真不是她要自吹自擂，她煮得一手好粥，那是吃過會懷念，沒吃要想念，
一連十天，鎮上那位文老太爺的早膳都是吃她煮的皮蛋瘦肉粥，
文老太爺那是什麼人物？三朝重臣、兩任帝師啊！什麼樣的好東西沒嚐過？
連他老人家都讚不絕口的粥，能不好吃嗎？每天排隊的人龍就沒斷過！

文創風 1024 5 完

顧茵是真心把婆婆和小叔子當成家人的，就沒想過要改嫁，
何況穿來這兒後，她只想著怎麼吃飽穿暖了，哪有心思想別的？
正當她一個頭兩個大地返鄉掃墓時，她男人武大郎回來啦！
原來當年被朝廷徵召時，父子倆陰差陽錯，最後加入的竟是義軍，
因為到底是反抗朝廷的「叛軍」，所以多年來他們都不敢往家裡遞消息，
如今新朝建立，公爹成了英國公，而他竟是傳聞中能生撕活人的惡鬼將軍?!
唔……要不，她還是乖乖聽婆婆的話，帶著收養的小崽子改嫁吧？

能吃是福，好運食足／浮碧

2021年12月出版

米袋福妻

一國公主的回門禮，居然是五百斤大米?!
敢向皇帝開口討糧養家，唯有他媳婦才辦得到吧……

文創風 1016 **1**

從惜糧如命的末世穿到吃穿不愁的古代，還是可以嚐遍美食的公主?!
楚攸寧樂了，下嫁滿門寡婦的將軍府也不算什麼，供她好吃好喝就行，
既然注定守寡，不如收編沈家婦孺當隊友，關門過囤糧的小日子多好。
孰料她不慎出糗，沒圓房就想替夫君搭靈堂，氣壞負傷歸來的沈無咎，
這且不算，將軍府竟米袋空空，正因她那昏君老爹御下不嚴、剋扣糧餉，
她乾脆扛刀直奔慶國糧倉，一大家子要養，欠她的糧還不快快還來——

文創風 1017 **2**

解決將軍府的糧食危機，楚攸寧真心覺得沈無咎是萬中選一的好隊友，
能幫她囤糧、幫她保守穿越的秘密，還能研製抵禦外敵越國的火藥。
嗯，她的御用軍師非他莫屬！奈何她的酒品太差，醉了對他上下其手，
又偷溜出門，酒醒發現自己當了劫皇糧的土匪，讓著急的他哭笑不得。
唉，她不喝了，聽聞近日來選妻和親的越國親王囂張，狠打慶國臉面，
還敢在國宴上當著昏君老爹的面調戲她，豈能放過，定要出口鳥氣！

文創風 1018 **3**

破除鬧鬼傳言後，人跡罕至的鬼山被楚攸寧改造成囤糧藏寶的大本營，
還養出補腦壯陽，咳，是讓人頭好壯壯的放山雞，買家堪比過江之鯽！
天啊，她只是三不五時用異能陪這群雞跳跳舞，效果居然這麼好？
可憐了沈無咎，吃了雞又碰不得枕邊睡得熟透的她，只能練劍到天明。
沒等她好好補償他，越國便以和親團遇劫為由開戰，沈無咎請纓上陣，
身為沈家糧倉的她當然要跟，還要把欠三個嫂嫂的公道討回來——

文創風 1019 **4** 完

真實身分為越國老皇帝的私生子，難怪昏君老爹不勤政，處境尷尬啊，
這場仗一定要贏，為了百姓著想，乾脆輔佐她爹這假血脈當上真明君吧！
沈無咎也在這次戰役中找回哥哥們，終於打破沈家滿門寡婦的流言，
可兩位兄長完全認不得他這個弟弟，二哥舉止如野人，還同小孩搶食；
三哥更是心性大變，執意效忠越國，對楚攸寧痛下殺手，該如何喚回？
楚攸寧陷入苦思，闔家團圓僅差一步，她要怎麼幫親愛的夫君一把……

文創風 1033

月老套路深 下

國家圖書館出版品預行編目資料

月老套路深 / 春遲著. --
初版. -- 臺北市 : 狗屋出版社有限公司, 2022.02
冊 ; 公分. -- (文創風 ; 1032-1033)
ISBN 978-986-509-291-7 (下冊 : 平裝). --

857.7　　110022671

著作者	春遲
編輯	李佩倫
校對	黃薇霓
發行所	狗屋出版社有限公司
地址	台北市104中山區龍江路71巷15號1樓
電話	02-2776-5889～0
發行字號	局版台業字845號
法律顧問	蕭雄淋律師
總經銷	知遠文化事業有限公司
電話	02-2664-8800
初版	2022年2月
國際書碼	ISBN-13　978-986-509-291-7

本著作物由北京晉江原創網絡科技有限公司授權出版

定價260元

狗屋劃撥帳號：19001626

網址：love.doghouse.com.tw　E-mail：love@doghouse.com.tw